हिन्द पॉकेट बुक्स

हमारा राष्ट्रीय फल आम

आम हमारा राष्ट्रीय फल है। सभी जानते हैं कि आम अत्यंत उपयोगी, दीर्घजीवी, सघन तथा विशाल वृक्ष है, जो भारत में दक्षिण में कन्याकुमारी से उत्तर में हिमालय की तराई तक (3,000 फुट की ऊँचाई तक) तथा पश्चिम में पंजाब से पूर्व में आसाम तक, अधिकता से होता है। सदियों से इसकी लोकप्रियता एवं गुणवत्ता के कारण ही इसे भारत सरकार ने राष्ट्रीय फल घोषित किया था।

आम के महत्व से बच्चों को परिचित कराने के लिए ही इस पुस्तक को तैयार किया है, ताकि इसे पढ़कर बच्चों को राष्ट्रीय फल के बारे में संपूर्ण जानकारी प्राप्त हो जाए। इसे रोचक ढंग से लिखा गया है, ताकि इसे याद करने में भी आसानी हो। इसके साथ ही इसमें आकर्षक चित्र भी दिए गए हैं। साथ ही परीक्षा के लिए प्रश्नोत्तरी, हल कीजिए और अपने ज्ञान की परीक्षा आप स्वयं कीजिए जैसे उपयोगी कॉलम भी है।

लेखक की अन्य पुस्तकें

- हमारे राष्ट्रीय खेल
- हमारा राष्ट्रीय पुष्प कमल
- हमारा राष्ट्रीय पक्षी मोर
- हमारा राष्ट्रीय गीत
- हमारी राष्ट्रीय संस्कृति वैदिक
- हमारा राष्ट्रीय चिह्न अशोक चक्र
- हमारा राष्ट्रीय वृक्ष बरगद
- हमारी राष्ट्रीय जलचर डॉल्फिन
- हमारी राष्ट्रीय नदी गंगा
- हमारा राष्ट्रीय ग्रंथ गीता
- हमारे राष्ट्रीय पर्व और दिवस
- हमारे राष्ट्रीय स्मारक
- हमारा राष्ट्रीय ध्वज तिरंगा
- हमारे राष्ट्रीय विरासत स्थल
- हमारी राजभाषा हिन्दी
- हमारे नेशनल पार्क
- लोकप्रिय बाल गीत
- हमारे देशभक्ति गीत
- हमारे राष्ट्रीय गीत
- शहीदों के अमर गीत
- महाभारत की कहानियाँ
- पुराणों की कहानियाँ
- रामायण की कहानियाँ
- बेताल पचीसी, दो भागों में
- महापुरुषों का बचपन
- महाराणा प्रताप
- बहादुर बेटी मलाला

सुरुचिपूर्ण एवं प्रेरणादायक सचित्र जानकारियाँ

हमारा राष्ट्रीय फल

आम

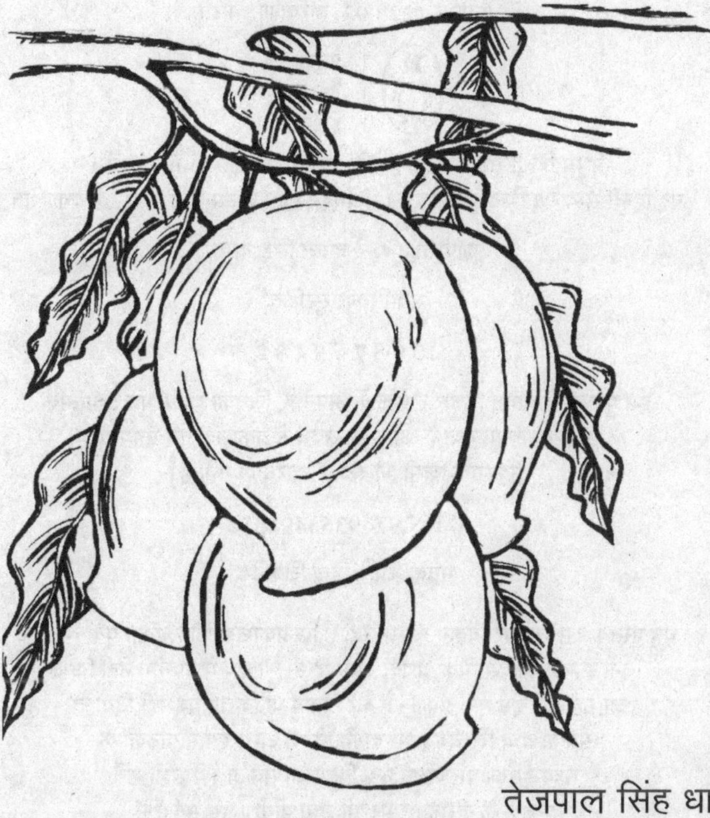

तेजपाल सिंह धामा

हिन्द पॉकेट बुक्स
पेंगुइन रैंडम हाउस इम्प्रिंट

हिन्द पॉकेट बुक्स

यूएसए | कनाडा | यूके | आयरलैंड | ऑस्ट्रेलिया | सिंगापुर
न्यू ज़ीलैंड | भारत | दक्षिण अफ्रीका | चीन

हिन्द पॉकेट बुक्स, पेंगुइन रैंडम हाउस ग्रुप ऑफ़ कम्पनीज़ का हिस्सा है,
जिसका पता global.penguinrandomhouse.com पर मिलेगा

पेंगुइन रैंडम हाउस इंडिया प्रा. लि.,
चौथी मंजिल, कैपिटल टावर -1, एम जी रोड,
गुड़गांव 122 002, हरियाणा, भारत

पेंगुइन
रैंडम हाउस
इंडिया

प्रथम हिन्दी संस्करण हिन्द पॉकेट बुक्स द्वारा 2014 में प्रकाशित
यह हिन्दी संस्करण हिन्द पॉकेट बुक्स में पेंगुइन रैंडम हाउस द्वारा 2022 में प्रकाशित

10 9 8 7 6 5 4 3 2

इस पुस्तक में व्यक्त विचार लेखक के अपने हैं, जिनका यथासंभव तथ्यात्मक
सत्यापन किया गया है, और इस संबंध में प्रकाशक एवं सहयोगी
प्रकाशक किसी भी रूप में उत्तरदायी नहीं हैं।

ISBN 9789353491352

मुद्रकः रेप्रो इंडिया लिमिटेड

www.penguin.co.in

FSC www.fsc.org MIX Paper from responsible sources FSC® C047271

This is a legitimate digitally printed version of the book and therefore might not
have certain extra finishing on the cover.

क्रम

आ से आम

हमारे पुराणों और उपनिषदों में अनेक ऐसी कथाएँ हैं, जिनमें आम का उल्लेख आता है कि किसी राजा को संतान प्राप्ति के लिए किसी ऋषि ने अमर फल दिया। वह अमर फल आम ही हुआ करता था। यह बात अलग है कि उसका औषधि के रूप में उपयोग करने का ढंग कुछ अलग हुआ करता था।

आम का मूल स्थान या जन्म स्थान कौन-सा देश है, यह तो कहना कठिन है, क्योंकि एशिया के अनेक देशों में आम के बाग सदियों से पाए जाते हैं। लेकिन यह भी सत्य है कि आम की तमाम अच्छी किस्में भारत में ही उगाई जाती रही हैं। आज भी भारतीय आम ही दुनियाभर में प्रसिद्ध हैं। आम अत्यंत उपयोगी, दीर्घजीवी, सघन तथा विशाल वृक्ष है, जो भारत में दक्षिण में कन्याकुमारी से उत्तर में हिमालय की तराई तक (3,000 फुट की ऊँचाई तक) तथा पश्चिम में पंजाब से पूर्व में आसाम तक, अधिकता से होता है। अनुकूल जलवायु मिलने पर इसका वृक्ष 50-60 फुट की ऊँचाई तक पहुँच जाता है। वनस्पति वैज्ञानिक वर्गीकरण के अनुसार आम ऐनाकार्डियेसी कुल का वृक्ष है। आम के कुछ वृक्ष बहुत ही बड़े होते हैं।

बच्चों! जब आपने कक्षा एक में पढ़ना सीखा होगा, तो आ से आम अवश्य ही पढ़ा होगा। तब आम का नाम आते ही तुम्हारे मुँह

पानी भी आ गया होगा। आज हम तुम्हें उसी आ से आम की कहानी बता रहे हैं। आम का वृक्ष एक फलदार, बड़ा स्थलीय वृक्ष है। इसमें दो बीजपत्र होते हैं। इसके फूल छोटे-छोटे एवं समूह में रहते हैं। इसे मंजरी कहते हैं। इसकी पत्ती सरल, लम्बी एवं भाले के समान होती है। इसका तना लम्बा एवं मजबूत होता है। इसका फल एक गुठली वाला सरस और गूदेदार होता है। आम का फल विश्वप्रसिद्ध स्वादिष्ट फल है। इसे फलों का राजा कहा गया है। आप इस तरह भी कह सकते हैं कि आम का वृक्ष बड़ा और खड़ा अथवा फैला हुआ होता है। ऊँचाई

30 से 90 फुट तक होती है। छाल खुरदरी तथा मटमैली या काली, लकड़ी कठीली और ठस होती है। इसकी पत्तियाँ सादी, एकांतरित, लंबी, प्रासाकार (भाले की तरह) अथवा दीर्घवृत्ताकार, नुकीली, पाँच से 16 इंच तक लंबी, एक से तीन इंच तक चौड़ी, चिकनी और गहरे हरे रंग की होती है। पत्तियों के किनारे कभी-कभी लहरदार होते हैं। वृंत (एँठल) एक से चार इंच तक लंबे, जोड़ के पास फूले हुए होते हैं। पुष्पक्रम संयुत एकवर्ध्यक्ष (पैनिकिल), प्रशाखित और लोमश होता है। फूल छोटे, हल्के बसंती रंग के या ललछौंह, भीनी गंधमय और प्रायः एंठलरहित होते हैं। नर और उभयलिंगी दोनों प्रकार के फूल एक ही बार (पैनिकिल) पर होते हैं। बाह्यदल (सेपल) लंबे अंडे के रूप में, अवतल (कॉनकेव), पंखुडियाँ बाह्यदल की अपेक्षा दोगुनी बड़ी, अंडाकार, तीन से पाँच तक उभरी हुई नारंगी रंग की धारियों सहित बिंब (डिस्क) मांसल, पाँच भागशील (लोब्ड), एक परागयुक्त (फर्टाइल) पुंकेसर, चार छोटे और विविध लंबाइयों के बंध्य पुंकेसर (स्टैमिंनोड), परागकोश कुछ-कुछ बैंगनी और अंडाशय चिकना होता है। फल सरस, मांसल, अष्ठिल, तरह-तरह की बनावट एवं आकारवाला, चार से 25 सेंटीमीटर तक लंबा तथा एक से 10 सेंटीमीटर तक घेरेवाला होता है। पकने पर इसका रंग हरा, पीला, जोगिया, सिंदुरिया अथवा लाल होता है। फल गूदेदार, फल का गूदा पीला और नारंगी रंग का तथा स्वाद में अत्यंत रुचिकर होता है। इसके फल का छिलका मोटा या कागजी तथा गुठली एकल, कठली एवं प्रायः रेशेदार तथा एक बीजक होती है। बीज बड़ा, दीर्घवत्, अंडाकार होता है।

बच्चों सदियों से ऐसा माना जाता है कि आम लक्ष्मीपतियों के भोजन की शोभा तथा गरीबों की उदरपूर्ति का अति उत्तम साधन है। पके फल को तरह-तरह से सुरक्षित करके भी रखते हैं। रस का थाली,

चकले, कपड़े इत्यादि पर पसार, धूप में सुखा 'अमावट' बनाकर रख लेते हैं। यह बड़ी स्वादिष्ट होती है और इसे लोग बड़े प्रेम से खाते हैं। कहीं-कहीं फल के रस को अंडे की सफेदी के साथ मिलाकर अतिसार और आँवे के रोग में देते हैं। पेट के कुछ रोगों में छिलका तथा बीज हितकर होता है। कच्चे फल को भूनकर पना बना, नमक, जीरा, हींग, पुदीना इत्यादि मिलाकर पीते हैं। इसे पीने से तरावट आती है और लू लगने का भय कम रहता है। मनुष्य ही नहीं पशु भी आम की छाया में धूप में आराम कर धूप से बचते हैं। इसलिए यह भी कहा जा सकता है कि आम पशुओं के लिए छाते का काम भी करता है।

आम कई प्रकार के औषधीय गुण अपने में समेटे हुए हैं। यानी कि आम कई बार दवा का काम भी करता है। आम के बीज में मैलिक अम्ल अधिक होता है और यह खूनी बवासीर और प्रदर में उपयोगी है। आम की लकड़ी गृह निर्माण तथा घरेलू सामग्री बनाने के काम आती है। यह ईंधन के रूप में भी लाई जाती है। आम सदियों से मनुष्य के लिए लाभकारी फल और इसका वृक्ष बहु उपयोगी रहा है।

इतिहास की दृष्टि में आम

आम का इतिहास अत्यंत प्राचीन है। रामायण और महाभारत में आम का अनेक जगह उल्लेख है। यहाँ तक कि मनुस्मृति में भी आम का उल्लेख पाया जाता है। जब जल प्रलय हुआ तब त्रेताकाल में आम की गुठलियों को मनु महाराज ने अपनी नौका में सुरक्षित रखा था, ताकि आम के वृक्ष दोबारा उत्पन्न किए जा सकें। मनु को मुस्लिम धर्म में नूह कहते हैं। कुरान एवं बाइबल में भी मनु की कहानी शतपथ ब्राह्मण जो हिन्दुओं का प्राचीन ग्रंथ है, की तरह है। मनु या नूह भी आम को बहुत पसंद करते थे। उसके बाद सभी राजा महाराजा आम को संरक्षण देते आए। यदि हम इसके मूल स्थान की बात करें तो सही से कुछ भी कहना संभव नहीं। लेकिन डी कैडल (सन् 1844) के अनुसार आम्र प्रजाति (मैंजीफेरा जीनस) संभवतः बर्मा, स्याम तथा मलाया में उत्पन्न हुई, परंतु भारत का आम, मैंजीफेरा इंडिका, जो यहाँ, बर्मा और पाकिस्तान में जगह-जगह स्वयं (जंगली अवस्था में) होता है। ऐसी संभावना है कि बर्मा-आसाम अथवा आसाम में ही पहले पहल यह उत्पन्न हुआ होगा। भारत के बाहर लोगों का ध्यान आम की ओर सर्वप्रथम संभवतः बुद्धकालीन प्रसिद्ध यात्री, हुयेनत्सांग (632-45 ई.पू.) ने आकर्षित किया।

फ्रायर (सन् 1673) ने आम को आडू और खूबानी से भी रुचिकर कहा है और हैमिल्टन (सन् 1727) ने गोवा के आमों को बड़े, स्वादिष्ट

तथा संसार के फलों में सबसे उत्तम और उपयोगी बताया है। भारत के निवासियों में अति प्राचीन काल से आम के उपवन लगाने का प्रेम है। यहाँ की उद्यानी कृषि में काम आनेवाली भूमि का 70 प्रतिशत भाग आम के उपवन लगाने के काम आता है। स्पष्ट है कि भारतवासियों के जीवन और अर्थव्यवस्था का आम से घनिष्ठ संबंध है। इसके अनेक नाम जैसे सौरभ, रसाल, चुवत, टपका, सहकार, आम, पिकवल्लभ आदि हैं। इसे 'कल्पवृक्ष' अर्थात् मनोवांछित फल देनेवाला भी कहते हैं। शतपथ ब्राह्मण में आम की चर्चा वैदिक कालीन तथा अमरकोश में इसकी प्रशंसा इसकी बुद्धकालीन महत्ता के प्रमाण हैं। मुगल सम्राट् अकबर ने 'लालबाग' नामक एक लाख पेड़ों वाला उद्यान दरभंगा के समीप लगवाया था, जिससे आम की उस समय की लोकप्रियता स्पष्ट है। भारतवर्ष में आम से संबंधित अनेक लोकगीत, आख्यायिकाएँ आदि प्रचलित हैं और हमारी रीति, व्यवहार, हवन, यज्ञ, पूजा, कथा, त्योहार तथा सभी मंगल कार्यों में आम की लकड़ी, पत्ती, फूल प्रायः काम आते हैं। आम के बौर की उपमा वसंतदूत से तथा मंजरी की मन्मथतीर से कवियों ने दी है। उपयोगिता की दृष्टि से आम भारत का ही नहीं वरन् समस्त उष्ण कटिबंधीय क्षेत्रों में फलों का राजा है और बहुत तरह से उपयोग होता है। कच्चे फल से चटनी, खटाई, अचार, मुरब्बा आदि बनाते हैं। पके फल अत्यंत स्वादिष्ट होते हैं और इन्हें लोग बड़े चाव से खाते हैं। ये पाचक, रोचक और बलप्रद होते हैं।

कालिदास ने इसका गुणगान किया है। सिकंदर ने इसे सराहा और मुगल सम्राट अकबर ने दरभंगा में इसके एक लाख पौधे लगाए। महर्षि दयानंद ने अजमेर में आम रोपा था। वेदों में आम को विलास का प्रतीक कहा गया है। कविताओं में इसका जिक्र हुआ और कलाकारों ने इसे अपने कैनवास पर उतारा। भारत में गर्मियों के आरंभ से ही

आम पकने का इंतजार होने लगता है। आँकड़ों के मुताबिक इस समय भारत में प्रतिवर्ष एक करोड़ टन आम पैदा होता है, जो दुनिया के कुल उत्पादन का 52 प्रतिशत है। आम भारत का राष्ट्रीय फल भी है। अन्तर्राष्ट्रीय आम महोत्सव के दौरान दिल्ली में इसकी अनेक प्रजातियों को देखा जा सकता है। भारतीय प्रायद्वीप में आम की पैदावार हजारों वर्षों से हो रही है। यह 4-5 ईसा पूर्व पूर्वी एशिया में पहुंचा। 10वीं शताब्दी तक यह पूर्वी अफ्रीका पहुंच चुका था। उसके बाद आम ब्राजील, वेस्टइंडीज और मैक्सिको पहुँचा, क्योंकि वहाँ की जलवायु में यह अच्छी तरह उग सकता था। 14वीं शताब्दी में मुस्लिम यात्री इब्नबतूता ने इसकी सोमालिया में मिलने की पुष्टि की है। तमिलनाडु

के कृष्णगिरि के आम बहुत ही स्वादिष्ट होते हैं और दुनिया भर में प्रसिद्ध हैं।

फलों का राजा आम हमारे देश का सबसे महत्वपूर्ण फल है। इसकी पैदावार उत्तर प्रदेश, बिहार, आन्ध्र प्रदेश, पश्चिमी बंगाल, तमिलनाडु, ओडिसा, महाराष्ट्र और गुजरात में व्यापक स्तर पर की जाती है। उत्तर प्रदेश के रटोल गाँव का आम दुनियाभर में प्रसिद्ध है। भारत की तत्कालीन प्रधानमंत्री इंदिरा गांधी रटोल गाँव के आम बहुत पसंद करती थीं और अपने विदेशी मेहमानों को यही आम वह भेंट भी किया करती थीं।

आम की बागवानी

बच्चों सदियों से आम को जंगल में उगा वृक्ष यानी कि वन संपदा के तौर पर माना जाता रहा है। लेकिन कालांतर में इसकी विधिवत् पैदावार लेने के लिए इसे बागों के रूप में लगाया जाने लगा। बागवानी के रूप में यह किसानों के लिए बहु उपयोगी और धन कमाकर देने वाला वृक्ष सिद्ध हुआ।

आम के लिए गहरी तथा अच्छी जल निकास वाली मिट्टी उपयुक्त मानी गई है। मिट्टी का पी.एच. मान 6.5-7.5 के बीच सही माना गया है। आम का सफल उत्पादन पोषण जलवायु में किया जा सकता है। बौर, फूल आने की अवस्था में वर्षा होने या बदली छाई रहना आम की फसल के लिए नुकसानदेह होता है। यह पूरे देश में सफलतापूर्वक उगाया जाता है। आम पाले के लिए अति संवेदनशील है, अतः बाग को शुरू के कुछ वर्षों में पाले से बचाना अति आवश्यक है। आम की खेती उष्ण एवं समशीतोष्ण दोनों प्रकार की जलवायु में की जाती है। आम की खेती समुद्र तल से 600 मीटर की ऊँचाई तक सफलतापूर्वक होती है। इसके लिए 23.8 से 26.6 डिग्री सेंटीग्रेट तापमान अति उत्तम होता है। आम की खेती प्रत्येक किस्म की भूमि में की जा सकती है, परन्तु अधिक बलुई, पथरीली, क्षारीय तथा जल भराव वाली भूमि में इसे उगाना लाभकारी नहीं है। अच्छे जल निकास वाली दोमट भूमि सर्वोत्तम मानी जाती है।

प्रवर्धन (कलम लगाना)

आम का प्रवर्धन मुख्यतः भेंट कलम बांधकर किया जाता है। लेकिन विनियर कलम लगाना भी बहुत अच्छा सिद्ध हुआ है। यह तरीका सरल और कम खर्चीला है इसलिए भेंट कलम लगाने के स्थान पर विनियर कलम को अपनाए जाने की सिफारिश की जाती है। आम का व्यावसायिक प्रवर्धन कलम बंधन की विभिन्न विधियों द्वारा किया जाता है। इसमें मूलवृंत हेतु 6 माह से एक वर्ष आयु के बीजू पौधे उपयोग में लाये जाते हैं। उत्तर भारतवर्ष की विशेषकर निजी पौधशालाओं में भेंट कलम बंधन (इनार्चिंग) द्वारा आम का प्रवर्धन व्यापक स्तर

पर किया जाता है। इस विधा द्वारा प्रवर्धन में न्यून कमियाँ होती हैं। सांकुर शाखें किशोरावस्था में रहती हैं। परिणामतः ऐसे पौधों में एक से दो वर्ष विलम्ब से फल की शुरुआत होती है। मातृ वृक्ष से सीमित संख्या में सांकुर उपलब्ध हो पाती हैं।

प्रवर्धन तकनीक की बात करें तो भेंट कलम बंधन की कमियों को देखते हुए कलम बंधन की अन्य विधियों जिनके द्वारा अन्य राज्यों में आम का प्रवर्धन सफलतापूर्वक किया जाता है, उन्हें प्रोत्साहित किया जाना चाहिए।

आम के उच्च उत्पादकता वाले पौधों की मांग बढ़ने के कारण आवश्यकता इस बात की है कि मातृवृक्ष से अधिकाधिक समय तक स्वस्थ शाखें उपलब्ध होती रहें तथा विभिन्न विधियों और संरचनाओं यथा पालीहाउस, नेट हाउस आदि की सहायता से वर्ष में जिस समय सम्भावित हो नियमित रूप से प्रवर्धन चलता रहे। आम में सफलतापूर्वक निम्न विधियों द्वारा प्रवर्धन सम्भावित है।

विनियर कलम बंधन

आम के प्रवर्धन की यह एक प्रमाणित विधा है, जिसका मानकीकरण भारतीय कृषि अनुसंधान संस्थान, नई दिल्ली द्वारा वर्ष 1964-65 में किया गया था। उत्तर भारतवर्ष में आम प्रवर्धन विशेषकर कृषि विश्वविद्यालयों एवं शोध संस्थाओं में व्यापक स्तर पर किया जा रहा है, जिसका विवेचन क्रमवार इस प्रकार है – एक वर्ष आयु के स्वस्थ बीजू पौधे (0.50-0.75 मी.) व्यास वाले मूलवृंत के रूप में प्रयोग किए जाते हैं।

सांकुर हेतु वांछित किस्म की 3-4 माह पुरानी स्वस्थ शाखें उपयोग में लायी जाती है। सांकुर शाख की पत्तियों की 7-10 दिन पहले पर्ण

फलक को डंठल छोड़ते हुए काट दिया जाता है। मूलवृंत में 15-20 से.मी. की ऊँचाई पर बगल में 3-4 से.मी. तिरछा चीरा लगाया जाता है। चीरा के आधार पर एक छोटा चीरा इस प्रकार लगाया जाता है कि इसमें सांकुर शाख सुविधापूर्वक स्थापित की जा सके।

सांकुर शाख, जिसमें शीर्ष कलिका फूल गया हो, फूटने से पहले, मातृवृक्ष से प्रातः अथवा सायंकाल एकत्रित की जानी चाहिए, सांकुर शाख में मूलवृंत के विपरीत दिशा में एक लम्बा तथा दूसरा छोटा चीरा इस प्रकार बनाते हैं कि मूलवृंत के बनाये स्थान में सुगमता पूर्वक बैठ जाय।

सांकुर शाख को मूलवृंत में भली भाँति स्थापित कर 200 गेज मोटी पालीथीन स्ट्रिप से अच्छी प्रकार बांध देना चाहिए। उत्तर भारत में मार्च से सितम्बर तक खुली क्यारियों तथा पाली हाउस की सुविधा उपलब्ध होने पर किसी भी समय आम प्रवर्धन इस विधि द्वारा सम्भव है।

सांकुर शाख में फुटाव होने पर मूलवृंत की शीर्ष शाख को काट दिया जाता है तथा 2-3 बार में जब शाख 20-30 से.मी. की हो जाए तो मिलाप के ऊपर तिरछा इस प्रकार काटा जाय कि यह मुख्य शाखा का रूप ले सके। इस प्रकार अगले वर्ष रोपण हेतु पौधे उपलब्ध हो जाते हैं। वर्षा ऋतु (जून-जुलाई) में इस विधि द्वारा प्रवर्धन से अच्छी सफलता की संभावना होती है

कोमल शाख पर कलम बांधना

यह विनियर तथा प्रांकुर कलम बंधन के बीच की विधि है, जिसे सफलतापूर्वक आम प्रवर्धन में व्यावसायिक स्तर पर उपयोग किया जाता है। सर्वप्रथम इसका मानकीकरण गुजरात राज्य से किया गया

था। इस विधि द्वारा फरवरी से अक्टूबर तक खुले पाली हाउस सुविधा होने पर क्यारियों तथा पाली हाउस में लगभग वर्ष भर प्रवर्धन किया जा सकता है। इसका विवरण इस प्रकार है –

6 माह से एक वर्ष तक आयु के मूलवृंत, जब ताम्रयुक्त तथा पत्तियाँ हल्की पीली हो रही हों प्रवर्धन हेतु उपयोग किया जाता है।

मूलवृंत खुली क्यारियों अथवा व्यवस्था उपलब्ध होने पर पालीथीन की थैलियों में लगाया जाता है। विनियर की भाँति सांकुर शाख को तैयार किया जाता है। मूलवृंत एवं सांकुर शाख एक ही मोटाई से चयन किया जाना चाहिए। मूलवृंत के शीर्ष कटे भाग से 4-6 से.मी. का लम्बवत् चीरा बीचोंबीच सावधानीपूर्वक लगाया जाता है। पूर्व में

तैयार सांकुर शाख के आधार पर 4-6 से.मी. तिरछी कटाई दो तरफ से की जाती है।

सांकुर शाख का प्रत्यारोपण मूलवृंत पर करके 200 गेज मोटी पालीथीन स्ट्रिप से अच्छी प्रकार बांध दिया जाता है। आवश्यकतानुसार आरोपित सांकुर शाख के ऊपर पतली पालीथीन नलिका 10-15 दिनों तक शीर्ष कलिका के फुटाव होने के पहले तक आरोपित की जाती है। शीर्ष कलिका के फुटाव के साथ नलिका दूसरे प्रवर्धित पौधे पर आरोपित की जाती है।

सुविधा उपलब्ध होने पर एक से डेढ़ माह तक वातावरण नियंत्रित तथा इतने समय तक साधारण पाली हाउस और बाद में नेट हाउस तथा खुली क्यारियों में रखने के बाद पौधे रोपण हेतु तैयार हो जाते हैं। अनुभव के आधार पर विनियर, सांकुर तथा कोमल शाख कलम बांधना में ''कोमल शाख कलम बंधन'' आसान विधि है जिसे उत्तर भारत में प्रोत्साहित किया जाना चाहिए।

गुठली से उत्पन्न पौधों को मूलवृंत के रूप में प्रयोग किया जाता है। बीजू पौधे तैयार करने के लिए आम की गुठलियों को जून-जुलाई माह में सड़ी गोबर की खाद (8-10 टन प्रति हेक्टेयर) से उपचारित क्यारियों में लगाया जाता है।

सड़ी गोबर खाद के विकल्प स्वरूप 25 कि. ग्रा. नाइट्रोजन प्रति हेक्टेयर (यूरिया, कैल्शियम अमोनियम नाईट्रेट या अन्य अकार्बनिक पदार्थ के रूप में) नये पौधों की पत्तियों में हरापन आने के बाद दो महीने के सम्यान्तर पर दो बार दिया जा सकता है। बीजू पौधों को 2-3 माह के उपरान्त पहले से तैयार क्यारियों या गमलों में रोप देना चाहिए तथा पौधों को एक स्थान से दूसरे स्थान पर रोपित करने की इस विधि में सिंचाई का पूरा ध्यान रखना चाहिए। इन छोटे पौधों

को पाले से बचाने के लिए बड़े छायादार पेड़ों के नीचे रखना चाहिए अथवा घास-फूंस से ढक देना चाहिए।

सामान्यतः आम की किस्मों को तैयार करने के लिए किसी भी बीजू मूलवृंत को लिया जाता है, फिर भी देखा गया है कि बहुभ्रूणीय मूलवृंतों के प्रयोग से पेड़ों में बौनापन तथा जल्दी फल देने की प्रवृत्ति विकसित हो जाती है।

वृक्षारोपण

बच्चों! सवाल पैदा होता है कि आम की फसल तैयार करने के लिए गड्ढों की तैयारी किस तरह से करें और वृक्षों का रोपण करते समय किस तरह की सावधानी बरतें?

वर्षाकाल आम के पेड़ों को लगाने के लिए सारे देश में उपयुक्त माना गया है। जिन क्षेत्रों में वर्षा आधिक होती है, वहाँ वर्षा के अन्त में आम का बाग लगाना चाहिए। लगभग 50 सेन्टीमीटर व्यास एक मीटर गहरे गड्ढे मई माह में खोद कर उनमे लगभग 30 से 40 किलो ग्राम प्रति गड्ढा सड़ी गोबर की खाद मिट्टी में मिलाकर और 100 किलोग्राम क्लोरोपाइरिफास पाउडर बुरककर गड्ढों को भर देना चाहिए। पौधों की किस्म के अनुसार 10 से 12 मीटर पौध से पौध की दूरी होनी चाहिए, परन्तु आम्रपाली किस्म के लिए यह दूरी 2.5 मीटर ही होनी चाहिए।

आम के वृक्ष लगाने से पहले उस स्थान को गहराई से जोतकर समतल कर लेना चाहिए। इसके प्रश्चात् निश्चित दूरी पर उचित प्रकार के गड्ढे बनाकर उनमें गोबर की सड़ी खाद मिला देना चाहिए। जिस किस्म के पेड़ को लगाना है, उनकी पौधें अच्छी व मान्यता प्राप्त पौधशाला से कुछ दिन पहले लाकर रख लेना चाहिए।

वृक्ष लगाने का समय

आम के पेड़ों को लगाने के लिए पूरे देश में वर्षाकाल उपयुक्त माना गया है, क्योंकि इन दिनों वातावरण में काफी नमी होती है। अधिक वर्षा वाले क्षेत्रों में आम के पेड़ वर्षा के अन्त में तथा कम वर्षा वाले क्षेत्रों में वर्षाकाल के प्रारम्भ में लगाना चाहिए, जिससे पौधे अच्छी प्रकार स्थापित हो सकें। पेड़ लगाने का सबसे अच्छा समय सायंकाल होता है, क्योंकि दिन की गर्मी में पेड़ मुर्झा जाते हैं। यदि आसमान बादलों से ढका हो, तो दिन के समय भी पौधे लगाए जा सकते हैं।

पेड़ों के बीच की दूरी

आम के पेड़ों के बीच की दूरी आम की अलग-अलग किस्मों, भूमि के उपजाऊपन तथा क्षेत्र में वनस्पति वर्धन पर निर्भर करता है। जिस भूमि पर पौधे तेजी से बढ़ते हैं, वहां पौधों को 12 गुणा 12 मी. की दूरी पर लगाना चाहिए। शुष्क भूमि या उस क्षेत्र में जहां वृद्धि कम होती है 10 गुणा 10 मी. की दूरी पर्याप्त होती है। आम्रपाली जो कि एक बौनी किस्म है, 2.5 गुणा 2.5 मी. की दूरी पर लगाई जा सकती है। सघन बागबानी के लिए पौधे से पौधे की दूरी 5.0 गुणा 3.0 मी. या 5.0 गुणा 2.5 मी. या 3.0 गुणा 2.5 मी. उपयुक्त है।

गड्ढों का आकार

जहाँ पौधे लगाने हों वहां की भूमि यदि गहरी एवं दोमट हो तो 0.50 से 1.0 मीटर आकार के गड्ढे खोदने चाहिए, परन्तु पहाड़ी क्षेत्र एवं छिछली भूमि में गड्ढों का आकार कम से कम 1 गुणा 1 गुणा 1 घन मीटर होना चाहिए।

गड्ढों की भराई

गड्ढों को खोदते समय ऊपर की 30 से.मी. मिट्टी एक तरफ और नीचे की 70 से.मी. मिट्टी दूसरी तरफ रखनी चाहिए। गड्ढे भरते समय सर्वप्रथम ऊपर की 30 से.मी. वाली मिट्टी भरनी चाहिए। उसके पश्चात् लगभग 50 कि.ग्रा गोबर की खाद नीचे की 70 से.मी. वाली मिट्टी में अच्छी तरह मिला कर भरना चाहिए। अगर मिट्टी में दीमक की समस्या हो तो 200 ग्राम क्लोरपाइसीफॉस पाउडर प्रति गड्ढे की दर से खाद मिलाते समय डाल देना चाहिए। यदि भूमि पथरीली हो तो खुद ही मिट्टी से कंकड़-पत्थर निकाल देना चाहिए और गोबर की सड़ी खाद मिलाकर गड्ढों को भरना चाहिए। गड्ढे भरते समय इन्हें खेत की सतह से थोड़ा ऊंचा भरना चाहिए, ताकि वर्षा के पश्चात् भी गड्ढे और खेत की सतह बराबर रहें। गड्ढों की खुदाई व भराई का कार्य मानसून के पहले कर लेना चाहिए।

रोपण

बाग लगाने हेतु नर्सरी या पौधालय से लगाये जाने वाले पौधों को भूमि से मिट्टी समेत (पिण्डी) चारों ओर अच्छी प्रकार खोद कर निकालना चाहिए, जिससे जड़ों को कम-से-कम हानि पहुँचे। इसके बाद पौधे को गड्ढे के बीचों बीच रखकर चारों ओर मिट्टी दबाकर भर देनी चाहिए। पेड़ों को बिलकुल सीधी पंक्ति में लगाने के लिए प्लान्टिंग बोर्ड का प्रयोग करना चाहिए, पौधा लगाने के बाद उसके चारों ओर की मिट्टी दबा देनी चाहिए तथा सिंचाई हेतु गोलाकार थाला (बेसिन) बना देना चाहिए।

पेड़ लगाते समय इस बात का भी ध्यान रखना चाहिए कि न तो पौधा जमीन में इतना नीचे चला जाए कि कलम बंधा भाग भी अन्दर

हो जाय और न ही इतना ऊपर हो जाये कि पौधे की जड़ें दिखाई दें। पौध लगाने के बाद थाले में सिंचाई कर देना चाहिए।

कटाई एवं छँटाई

आरम्भ में पौधे को एक निश्चित आकार देने के लिए कटाई, छँटाई आवश्यक है। यदि पेड़ की शाखाएँ अधिक निचाई से निकल रही हों तो उसकी छँटाई आवश्यक है। मुख्य तने के 75 से.मी. ऊँचाई तक शाखाएँ नहीं निकलने देना चाहिए और अलग-अलग दिशाओं में मुख्य शाखाओं के बीच में 20 से 25 से.मी. का अन्तर होना चाहिए, अन्यथा शाखाओं के एक दूसरे से उलझने तथा टूटने का भय रहता है। ऐसी शाखाएँ जो आपस में एक दूसरी के आर-पार जा रही हों, काट देना चाहिए। लेकिन इस बात का ध्यान रखना चाहिए कि कटाई उस अवस्था में ही की जाए जब शाखाएँ पेंसिल के बराबर मोटाई की हो, क्योंकि बाद की कटाई से पेड़ को हानि हो सकती है। शाखाएं एक दूसरे के निकट होने पर उनमें लगने वाले फलों की गुणवत्ता साधारण तथा सूर्य के प्रकाश के अभाव में रंग अच्छा नहीं होता।

पोषक तत्वों का प्रबंधन

बच्चों! पोषक तत्वों के बिना कोई भी वृक्ष बढ़ नहीं सकता। आप अच्छी तरह जानते हैं कि कुपोषण के कारण तो जन्मजातों का भी सही विकास नहीं हो पाता। इसलिए आम की खेती करते समय एक प्रश्न यह भी पैदा होता है कि आम की फसल में खाद एवं उर्वरक का प्रयोग कब करना चाहिए?

तो इसका समाधान है कि बागों की दस साल की उम्र तक प्रतिवर्ष उम्र के गुणांक में नाइट्रोजन, पोटाश तथा फास्फोरस प्रत्येक को 100

ग्राम प्रति पेड़ जुलाई में पेड़ के चारों तरफ बनायीं गयी नाली में देनी चाहिए। इसके अतिरिक्त मृदा की भौतिक एवं रासायनिक दशा में सुधार हेतु 25 से 30 किलोग्राम गोबर की सड़ी खाद प्रति पौधा देना उचित पाया गया है। जैविक खाद हेतु जुलाई-अगस्त में 250 ग्राम एजोसपाइरिलम को 40 किलोग्राम गोबर की खाद के साथ मिलाकर थालों में डालने से उत्पादन में वृद्धि पाई गयी है। भूमि के एक बड़े हिस्से से पोषण प्राप्त करने की क्षमता के कारण आम के पेड़ को कम उपजाऊ भूमि में उगाना सभंव है। परन्तु पोषक तत्वों की आवश्यकता उत्पादकता बढ़ाने एवं मिट्टी के उपजाऊपन को सुरक्षित तथा पौधों को स्वस्थ रखने हेतु आवश्यक है। पेड़ में खाद की आवश्यकता भूमि की उर्वरकता व पौधों की उम्र पर निर्भर करता है। इस प्रकार अलग-अलग प्रकार की जमीन में खाद या पोषक तत्वों की मात्रा भी अलग-अलग होती है। पेड़ों को खाद देने से प्रतिवर्ष अच्छे फल की सम्भावनाएं बढ़ जाती है। उर्वरक देने की आवश्यकता के सम्बन्ध में अब तक अनुसंधानों एवं बागवानों के अनुभवों के आधार पर उर्वरक की अनुमोदित मात्रा निम्म प्रकार है –

उर्वरक मात्रा की बात करें तो, आम के पोषक तत्वों का प्रबन्धन पौध लगाने के समय से ही शुरू हो जाता है। पौधा लगाते समय गड्ढों में खाद्य प्रयोग के बारे में पूर्व में बताया जा चुका है। पौधे लगाने के बाद लगभग एक वर्ष तक खाद डालने की आवश्यकता नहीं होती। तत्पश्चात प्रतिवर्ष 100 ग्राम नाइट्रोजन (217 ग्राम यूरिया), 50 ग्राम फास्फोरस (312 ग्राम सिंगल सुपर फास्फेट) एवं 100 ग्राम पोटाश (167 ग्राम म्यूरेट आप पोटाश) प्रति पेड़ डालना चाहिए। खाद की यह मात्रा प्रतिवर्ष के गुणांक के अनुपात में 10 वर्षों तक बढ़ाते जाना चाहिए।

इस प्रकार 10 वर्ष के पेड़ को प्रतिवर्ष मिलने वाली उर्वरक की मात्रा 1 कि.ग्रा. नाइट्रोजन (2.17 कि.ग्रा. यूरिया), 500 ग्राम फास्फोरस (3.12 कि. ग्रा. सिंगल सुपर फास्फेट) एवं 1 कि. ग्रा. पोटाश (1.67 कि.ग्रा. म्यूरेट आफ पोटाश) होगी। दस वर्ष से अधिक आयु के पेड़ों में भी यही मात्रा डालते रहना चाहिए। इसके अलावा भूमि के भौतिक गुण एवं अन्य लाभप्रद परिणाम हेतु प्रतिवर्ष सड़ी हुई गोबर की खाद (20-30 कि.ग्रा.) उचित मात्रा में देनी चाहिए। तने से 1.5 मी. की दूरी पर बनी नालियों में खादों का प्रयोग करना चाहिए। सूक्ष्म तत्वों का नियमित रूप से प्रयोग आवश्यक नहीं हैं, परन्तु इनकी कमी पर मृदा में उपयोगी पर्णीय छिड़काव करना चाहिए। फलों की गुणवत्ता में वृद्धि के लिए 3 प्रतिशत पोटेशियम नाइट्रेट का पर्णीय प्रयोग लाभप्रद होता है। इसके अतिरिक्त 40 कि.ग्रा. गोबर की खाद के साथ 250 ग्राम एजोस्पीरिलम (जीवाणु खाद) मिलाकर जुलाई-अगस्त में थालों में प्रयोग से उत्पादन में सार्थक वृद्धि पाई गई है।

उर्वरक प्रयोग का समय

उर्वरक का प्रयोग एक बार में करना चाहिए। पूर्ण भाग फल तोड़ने के तुरन्त बाद (जुलाई) में देना चाहिए। रासायनिक खादों का प्रयोग मिट्टी में उचित नमी की अवस्था में ही करना चाहिए अगर मिट्टी सूखी है, तो सिंचाई करने के उपरान्त ही उर्वरक डालना चाहिए।

उर्वरक प्रयोग विधि

उर्वरक डालने के पूर्व पेड़ के थाले से खरपतवार निकाल देना चाहिए। छोटे पौधों में तने के आसपास थोड़ी दूरी छोड़कर, उर्वरकों एवं खादों को भूमि में अच्छी प्रकार मिला देना चाहिए। इसी प्रकार बड़े पौधों

में तने से 1.5 मी. की दूरी पर नाली (25 से.मी. चौड़ी एवं 20-25 से.मी. का गहरी) बनाकर प्रयोग करना चाहिए।

पौधे की आयु	उर्वरक-मिश्रण	गोबर की खाद
1 साल	0.5 किलोग्राम	10 किलोग्राम
2 साल	1 किलोग्राम	20 किलोग्राम
3 साल	1 किलोग्राम	30 किलोग्राम
4 साल	1.5 किलोग्राम	30 किलोग्राम
5 साल	1.5 किलोग्राम	40 किलोग्राम
छठे से दसवें साल तक	2-2.5 किलोग्राम	40 किलोग्राम
ग्यारह-पंद्रहवें साल तक	3-5 किलोग्राम	60 किलोग्राम
पंद्रहवें साल के बाद	5-10 किलोग्राम	80 किलोग्राम

तीन साल तक की आयु वाले पौधों को खाद, दो खुराकों में क्रमशः मार्च और जून में देनी चाहिए। फल वाले वृक्षों में उर्वरकों के मिश्रण की आधी खुराक जुलाई के महीने में और शेष आधी खुराक अक्टूबर महीने में एक बार दी जानी चाहिए ।

सिंचाई

आम की फसल की सिंचाई हमें कब करनी चाहिए और किस प्रकार करनी चाहिए? यह प्रश्न भी हर कोई कर सकता है, तो इसका समाधान है कि आम की फसल के लिए बाग लगाने के प्रथम वर्ष सिंचाई 2-3 दिन के अन्तराल पर आवश्यकतानुसार करनी चाहिए। 2 से 5 वर्ष पर 4-5 के अन्तराल पर आवश्यकता अनुसार करनी चहिए तथा जब पेड़ों में फल लगने लगे तो दो तीन सिंचाई करनी अति आवश्यक है : आम के बागों में पहली सिंचाई फल लगने के पश्चात दूसरी सिंचाई फलों का काँच की गोली के बराबर अवस्था

में तथा तीसरी सिंचाई फलों की पूरी बढ़वार होने पर करनी चाहिए। सिंचाई नालियों द्वारा थालों में ही करनी चाहिए, जिससे की पानी की बचत हो सके।

वृक्षों के पूर्ण फलन अवस्था में फल लगने के उपरान्त 2-3 माह पहले बाग की सिंचाई नहीं करनी चाहिए। साधारणतया अन्तः फसलें बाग के प्रारम्भिक वर्षों में ली जाती है। अतः ऐसे बागों में सिंचाई व्यवस्था अन्तः फसलों को ध्यान में रखकर करनी चाहिए। आम के वृक्षों में थालों में पानी देना चाहिए, जिससे अन्ततः फसलों को उनकी आवश्यकतानुसार पानी दिया जा सके एवं पानी के अधिक प्रयोग को रोका जा सके।

निराई-गुड़ाई

आम की फसल में निराई गुड़ाई और खरपतवारों का नियंत्रण हमारे किसान भाई किस प्रकार करें? आम के बाग को साफ रखने के लिए निराई-गुड़ाई तथा बागों में वर्ष में दो बार जुताई कर देना चाहिए। इससे खरपतवार तथा भूमिगत कीट नष्ट हो जाते हैं। इसके साथ ही साथ समय-समय पर घास निकालते रहना चाहिए। आम के बागों में निराई-गुड़ाई इसलिए आवश्यक है कि पानी के साथ जड़ों को उचित वायु प्राप्त हो, फलस्वरूप जड़ों एवं शाखाओं का विकास हो सके। निराई व गुड़ाई से मिट्टी भुरभुरी हो जाती है, जिससे पानी के संचालन पर प्रभाव पड़ता है। इसके फलस्वरूप बागों में कीड़ों की संख्या में भी कमी आती है और डाले गए पोषक तत्व मिट्टी में अच्छी तरह मिल जाते हैं। निराई-गुड़ाई पौधों की आयु और अन्ततः फसलों पर निर्भर करती है। बाग में पेड़ लगाने के तुरन्त बाद ही खरपतवार नहीं उगते, परन्तु पानी देने के बाद मिट्टी की कड़ी परत को हैण्ड हो (खुरपी) से

तोड़ देना चाहिए। बागों में आम के अतिरिक्त अन्य फसल न ली जा रही हो तो पेड़ों के बीच साल में कम से कम तीन जुताई (बरसात से पहले व बाद और नवम्बर में) अवश्य करनी चाहिए। जुताई फलन वाले बागों हेतु भी महत्वपूर्ण है। वर्षा ऋतु के शुरू की जुताई से पानी के बहाव द्वारा होने वाली हानि से बचाव होता है तथा भूमि की पानी रोकने की क्षमता बढ़ जाती है। वर्षा के बाद की जुताई से खरपतवारों के नियंत्रण तथा कैपिलरी के तोड़ने में सहायता मिलती है। तीसरी जुताई जो कि नवम्बर के अन्तिम सप्ताह या दिसम्बर के प्रथम सप्ताह में होती है, गुजिया (मिलीबग) के प्रकोप को कम करने में सहायक होती है।

मिश्रित फसल

आम के पेड़ों के बड़े होने तक उनके बीच काफी भूमि बिना उपयोग के रहती है। जिसके उचित उपयोग हेतु पेड़ों के 8-10 वर्ष उम्र तक अन्य फसलें उगायी जा सकती है। ऐसी अवस्था में समुचित पोषण प्रबन्ध के साथ अन्तः फसल उगाने से बाग से अधिक आमदनी प्राप्त होने के साथ-साथ आम के पौधों का रख-रखाव भी सुचारू रूप से होता रहता है। बाग स्थापन के प्रारम्भिक वर्षों में पेड़ों के फलन में आने के पहले इस आय का एक विशेष महत्व है। इस बात का विशेष ध्यान रखना चाहिए कि गन्ना, मक्का व बाजरा जैसी फसलें, जो कि आम को ढक ले, अन्तः फसल के रूप कदापि न लगायी जाएं। आम के साथ की जाने वाली मिश्रित फसलों दलहनी फसलों का समावेश उत्तम पाया गया। पुराने बगीचे में जहाँ छाया के कारण धूप कम आती है अन्नानास, अदरक व हल्दी की फसलें लगाई जा सकती हैं। यह भी ध्यान रखना चाहिए कि ऐसी फसलें न लगाई जाए जो कि पोषक

तत्वों के लिए आम के साथ प्रतियोगी सिद्ध हो। मिश्रित फसलों में फालसा, पपीता, अमरूद, आड़ू, आलू बुखारा आदि ऐसे पेड़ हैं, जिन्हें जलवायु के अनुसार आम के बगीचों में लगाया जा सकता है। इसके अतिरिक्त अन्तः फसलों का चुनाव क्षेत्र एवं अन्य आवश्यकताओं के आधार पर करना चाहिए। दलहनी फसलों में मूंग, उड़द, चना आदि, अन्न में गेहूं आदि, तिलहनी फसलों में तिल, सरसों, मूंगफली आदि सब्जियों में पत्तागोभी, फूलगोभी, टमाटर, आलू, बैंगन, खीरा, कद्दू, करेला, टिंडा, भिंडी आदि एवं मसालों में मिर्च को मिश्रित फसलों के रूप में सफलता से उगाया जा सकता है। आम के नये बागों में निम्न लिखित फसल चक्र उपयोगी सिद्ध हुए है –

फसल चक्र

(क) लोबिया – आलू
(ख) मूंग – चना
(ग) मूंग – गेहूं
(घ) उड़द – चना
(ड़) लोबिया – गेहूं
(च) लोबिया – चना
(छ) उड़द – ज्वार

बच्चों! आम के बगीचों में इसी प्रकार पशु एवं मानव उपयोगी खाद्य फसलें भी उगाई जा सकती हैं और इन फसलों को फसल चक्र के अनुसार उगाएँ तो और अधिक लाभ होता है।

प्रमुख हानिकारक कीट

बच्चों! हरेक फल के वृक्षों पर लगे फलों को कुछ कीट नुकसान भी

पहुँचाते हैं। इसीलिए यह शंका भी उत्पन्न होती है कि कौन-कौन से कीट हैं, जो आम में लगते हैं और उनका नियंत्रण किस प्रकार होना चाहिए?

आम में भुनगा फुदका कीट, गुझिया कीट, आम के छल खाने वाली सुंडी तथा तना भेदक कीट, आम में डासी मक्खी ये कीट हैः आम की फसल को फुदका कीट से बचाव के लिए एमिडाक्लोरपिड 0.3 मिलीलीटर प्रति लीटर पानी में घोलकर प्रथम छिड़काव फूल खिलने से पहले करते हैं, दूसरा छिड़काव जब फल मटर के दाने के बराबर हो जाये, तब कार्बरिल 4 ग्राम प्रति लीटर पानी में मिलकर छिड़काव करना चाहिए। इसी प्रकार गुझिया कीट से बचाव के लिए दिसंबर माह के प्रथम सप्ताह में आम के तने के चारों ओर गहरी जुताई करें तथा क्लोरोपईरीफास चूर्ण 200 ग्राम प्रति पेड़ तने के चारों ओर बुरक दें।

यदि कीट पेड़ पर चढ़ गए हो तो एमिडाक्लोरपिड 0.3 मिलीलीटर प्रति लीटर पानी में घोलकर जनवरी माह में 2 छिड़काव 15 दिन के अंतराल पर करना चाहिए तथा आम के छल खाने वाली सुंडी तथा तना भेदक कीट के नियंत्रण के लिए मोनोक्रोटोफास 0.5 प्रतिशत रसायन के घोल में रूई को भिगोकर तने में किए गए छेद में डालकर छेद बंद कर देना चाहिए। इस प्रकार से ये सुंडी खत्म हो जाती है। आम की डासी मक्खी के नियंत्रण के लिए मिथाईलयूजीनाल ट्रैप का प्रयोग प्लाई लकड़ी के टुकड़े को अल्कोहल मिथाईल एवं मैलाथियान के छः अनुपात चार अनुपात एक के अनुपात में घोल में 48 घंटे डुबोने के पश्चात पेड़ पर लटकाए ट्रैप मई के प्रथम सप्ताह में लटका दें तथा ट्रैप को दो माह बाद बदल दें। कुछ कीटों का विवरण हम इस प्रकार भी देख सकते हैं –

आम का टिड्डा

इस कीड़े के शिशु तथा प्रौढ़ आम की मंजरियों और उसके मुलायम तनों से कोशिका रस चूस लेते हैं। इसके परिणामस्वरूप आम की मंजरियाँ मुरझा कर भूरी हो जाती हैं और गिर जाती हैं एवं प्रभावित वृक्षों पर कम फल लगते हैं। जब इस कीड़े का आक्रमण गंभीर होता है, तो तनों पर इसका प्रभाव अधिक पड़ता है और लगभग पूरा पेड़ काला पड़ जाता है।

रोकथाम के उपाय : इस टिड्डे की रोकथाम के लिए जनवरी के महीने से हर 20 दिन के अन्तर पर वृक्षों पर 0.25 प्रतिशत कार्बोरिल या 0.1 प्रतिशत डायजिनान या 0.1 प्रतिशत मिथाइल पाराथोन का छिड़काव करें। यह छिड़काव कम से कम दो बार अवश्य करें।

आम का धब्बेदार बग

इस कीड़े के केवल शिशु और मादाएँ नुकसान पहुँचाते हैं। ये दोनों आम के पौधों का कोशिका रस चूस लेते हैं। इसके मुलायम तने और मंजरियाँ सूख जाती है तथा अधपके फल गिर जाते हैं।

रोकथाम के उपाय : पेड़ के आस-पास की मिट्टी की गुड़ाई करने से इस कीड़े के अंडे नष्ट हो जाते हैं। इसके अलावा पौधे के मुख्य तने के जमीन के पास वाले भाग पर 30 से.मी. चौड़ी अल्काथीन या प्लास्टिक की एक पट्टी लपेट देने से व उस पर कोई चिकना पदार्थ लगाने से इस कीड़े के शिशु पेड़ पर नहीं चढ़ पाते हैं यह काम दिसम्बर में कर देना चाहिए, क्योंकि यही वह समय होता है जब कीड़े के अण्डों से बच्चे निकलने लगते हैं और फिर पेड़ पर चढ़ने लग जाते हैं। इसके साथ किसी भी उपयुक्त कीटनाशक का छिड़काव जनवरी एवं फरवरी माह में करें।

आम की गुठली का घुन

इस घुन की इल्ली आम की गुठली में छेद करके घुस जाती है और उसके अन्दर अपना भोजन लेती रहती है। कुछ दिनों बाद ये गूदे में पहुँच जाती है और उसे नुकसान पहुंचती है।

रोकथाम के उपाय : इस कीड़े को नियंत्रित करना बहुत कठिन होता है, इसलिए जो भी फल पेड़ से गिरे उसे तथा पेड़ की सुखी पत्तियों और शाखाओं को इकट्ठा कर नष्ट कर देना चाहिए। इससे इस कीड़े की भी रोकथाम किसी सीमा तक हो जाती है।

तना छेदक

इस कीड़े को तनों पर बुने हुए जालों में फंसे उनके मल की मौजूदगी से पहचाना जाता है।

रोकथाम के उपाय : इस कीड़े की रोकथाम के लिए इसके द्वारा बनाये गए छेदों को किसी पतले तार से साफ कर उनमें 1 प्रतिशत वाले डायजिनान के साथ पेट्रोल डाल कर छेद को बंद कर देना चाहिए तथा कमजोर मर रही टहनियों को पेड़ से अलग कर देना चाहिए। इसके समाधान के लिए यही सबसे सही उपाय अब तक विशेषज्ञ खोज पाए हैं।

आम पर लगने वाले रोग

आम की फसल में कौन-कौन से रोग लगते हैं और उसका नियंत्रण हम किस प्रकार करें? इस प्रश्न का यदि हम समाधान खोजें तो हम कह सकते हैं कि आम के रोगों का प्रबन्धन कई प्रकार से करते हैं। जैसे की पहला आम के बाग में पाउडरी मिल्ड्यू यह एक बीमारी

लगती है। इसी प्रकार से खर्रा या दहिया रोग भी लगता है। इनसे बचाने के लिए घुलनशील गंधक 2 ग्राम मात्रा प्रति लीटर पानी में या ट्राईमार्फ 1 मिली प्रति लीटर पानी या डाइनोकैप 1 मिली प्रति लीटर पानी घोलकर प्रथम छिड़काव बौर आने के तुरन्त बाद करें। दूसरा छिड़काव 10 से 15 दिन बाद तथा तीसरा छिड़काव उसके 10 से 15 दिन बाद करना चाहिए। आम की फसल को एन्थ्रेक्नोस फोमा ब्लाइट डाईबैक तथा रेडरस्ट से बचाव के लिए कापर आक्सीक्लोराईड 3 ग्राम मात्रा प्रति लीटर पानी में घोलकर 15 दिन के अन्तराल पर वर्षा ऋतु प्रारंभ होने पर दो छिड़काव तथा अक्टूबर-नवम्वर में 2-3 छिड़काव करने चाहिए, जिससे की हमारे आम के बौर आने में कोई परेशानी न हो। इसी प्रकार से आम में गुम्मा विकार या माल्फर्मेशन भी बीमारी लगती है इसके उपचार के लिए कम प्रकोप वाले आम के बागों में जनवरी फरवरी माह में बौर को तोड़ दें। अधिक प्रकोप होने पर एन.ए.ए. 200 पी. पी. एम. रसायन की 900 मिली प्रति 200 लीटर पानी घोलकर छिड़काव करना चहिए। इसके साथ ही साथ आम के बागों में कोयलिया रोग भी लगता है, जिसे किसान जानते हैं, इसके नियंत्रण के लिए बोरेक्स या कास्टिक सोड़ा 10 ग्राम प्रति लीटर पानी में घोलकर प्रथम छिड़काव फल लगने पर तथा दूसरा छिड़काव 15 दिन के अंतराल पर करना चाहिए, जिससे की कोयलिया रोग से हमारे फल खराब न हो सकें।

यदि हम विस्तार की चर्चा में जाएँ तो आम के अनेक शत्रु हैं। इनमें ऐनथ्रे कनोस, जो कवकजनित रोग है और आर्द्रता प्रधान प्रदेशों में अधिक होता है। पाउडरी मिल्ड्यू, जो एक अन्य कवक से उत्पन्न होनेवाला रोग है तथा ब्लैक टिप, जो बहुधा ईंट-चूने के भट्ठों के धुएँ के संसर्ग से होता है, प्रधान हैं। अनेक कीड़े-मकोड़े भी इसके

शत्रु हैं। इनमें मैंगोहॉपर, मैंगो बोरर, फ्रूट फ्लाई और दीमक मुख्य हैं। जल-चूना-गंधक-मिश्रण, सुर्ती का पानी तथा संखिया का पानी इन रोगों में लाभकारी होता है।

सफेद चूर्णी रोग (पाउडरी मिल्ड्यू)

बौर आने की अवस्था में यदि मौसम बदली वाला हो या बरसात हो रही हो तो यह बीमारी प्रायः लग जाती है। इस बीमारी के प्रभाव से रोगग्रस्त भाग सफेद दिखाई पड़ने लगता है। अंततः मंजरियाँ और फूल सूखकर गिर जाते हैं। इस बीमारी के लक्षण दिखाई देते ही आम के पेड़ों पर 5 प्रतिशत वाले गंधक के घोल का छिड़काव करने से इसकी रोकथाम में सहायता मिलती है। इसके अलावा 500 लीटर पानी में 250 ग्राम कैराथेन घोलकर छिड़काव करने से भी बीमारी पर नियंत्रण पाया जा सकता है। जिन क्षेत्रों में बौर आने के समय मौसम असामान्य रहा हो, वहां हर हालत में सुरक्षात्मक उपाय के आधार पर 0.2 प्रतिशत वाले गंधक के घोल का छिड़काव करे एवं आवश्यकता अनुसार दोहराएं।

कालवूणा (एन्थ्रेक्नोस)

यह बीमारी अधिक नमी वाले क्षेत्रों में ज्यादा पाई जाती है। इसका आक्रमण पौधों के पत्तों, शाखाओं और फूलों जैसे मुलायम भागों पर अधिक होता है। प्रभावित हिस्सों में गहरे भूरे रंग के धब्बे दिखाई पड़ने लगते हैं। इसकी रोकथाम 0.2 प्रतिशत जिनैब या 4:4:50 बोर्डो मिश्रण का छिड़काव करके की जा सकती है। जिन इलाकों में यह बीमारी अधिक फैलती हो, वहां सुरक्षा के तौर पर शुकियाँ विकसित होने से पहले ही उपरोक्त घोल का छिड़काव करना चाहिए ।

ब्लैक टिप रोग

यह बीमारी आम के उन बागों में पाई जाती है, जो ईंट के भट्ठों के पास होते हैं। इस बीमारी में सबसे पहले फल का अग्रभाग काला पड़ने लगता है। इसके बाद ऊपरी हिस्सा पीला पड़ता है। फिर गहरा भूरा और अंत में काला हो जाता है। इस बीमारी से बचने का सबसे अच्छा तरीका यह है कि ईंट के भट्ठों की चिमनी आम के पूरे मौसम के दौरान लगभग 50 फुट ऊँची रखी जाए। इसके अलावा फलों के बढ़वार की विभिन्न अवस्थाओं के दौरान आम के पेड़ों पर 0.6 प्रतिशत बोरेक्स के दो छिड़काव फूल आने से पहले तथा तीसरा फूल बनने के बाद छिड़काव करना चाहिए।

गुच्छा रोग (माल्फार्मेसन)

इस बीमारी का मुख्य लक्षण यह है कि इसमें पूरा बौर नपुंसक फूलों का एक ठोस गुच्छा बन जाता है। बीमारी का नियंत्रण प्रभावित बौर और शाखाओं को तोड़कर किया जा सकता है। इसके अलावा अक्टूबर के महीने में 200 प्रति दस लक्षांश वाले नेप्थालिन एसिटिक एसिड का छिड़काव करना और कलियाँ आने कि अवस्था में जनवरी के महीने में पेड़ के बौर तोड़ देना भी लाभदायक रहता है। इससे न केवल आम की उपज बढ़ जाती है अपितु इस बीमारी के आगे फैलने की संभावना भी कम हो जाती है।

पत्तों का जलना

उत्तरी भारत में आम के कुछ बागों में पोटेशियम की कमी से एवं क्लोराइड की अधिकता से पत्तों के जलने की गंभीर समस्या है। इसमें

पुराने पत्ते दूर से ही जले हुए जैसे दिखाई देते हैं। इस समस्या से बचने हेतु पौधों पर 5 प्रतिशत पोटेशियम सल्फेट के छिड़काव की सिफारिश की जाती है। यह छिड़काव इसी समय करें, जब पौधों पर नई पत्तियां आ रही हों। ऐसे बागों में पोटेशियम क्लोराइड उर्वरक प्रयोग न करने की सलाह भी दी जाती है। 0.1 प्रतिशत मेलथिओन का छिड़काव करें।

फलों की तुड़ाई

आम की फसल की तुड़ाई कब करनी चाहिए और किस प्रकार करनी चाहिए? यह प्रश्न भी बड़ा अहम है।

आम की परिपक्व फलों की तुड़ाई 8 से 10 मिमी लम्बी डंठल के साथ करनी चाहिए, जिससे फलों पर स्टेम राट बीमारी लगने का खतरा नहीं रहता है। तुड़ाई के समय फलों को चोट व खरोंच न लगने दें तथा मिट्टी के सम्पर्क से बचाएँ। आम के फलों का श्रेणीक्रम उनकी प्रजाति, आकार, भार, रंग व परिपक्वता के आधार पर करना चाहिए। वैसे सैद्धांतिक बात करें तो फलों की तुड़ाई जून के आरम्भ से शुरू हो जाती है, मल्लिका जुलाई के तीसरे सप्ताह तक तैयार हो जाती है। आम्रपाली जुलाई के मध्य तक पकना आरम्भ कर देती है। आम्रपाली जिसमें हर साल फल आते हैं, सघन बाग अर्थात 1600 पौधे/हेक्टेयर 10 साल की अवस्था में 22 टन प्रति हेक्टेयर तक फल दे सकते हैं, जो दशहरी की तुलना में 3-4 गुना अधिक है।

औसतन उपज

रोगों एवं कीटों के पूरे प्रबंधन पर प्रति पेड़ लगभग 150 किलोग्राम से 200 किलोग्राम तक उपज प्राप्त हो सकती है, लेकिन प्रजातियों के

आधार पर यह पैदावार अलग-अलग पाई गई है। आम का निर्यात भारत बड़ी मात्रा में करता है, लेकिन पिछले कई सालों में देश के आम निर्यात में गिरावट आई है। यही कारण है कि डॉ. आर. एस. परोदा, पूर्व सचिव, डेयर और महानिदेशक, भा.कृषि अनुसंधान परिषद तथा अध्यक्ष, टीएएएस ने अन्य एशियाई देशों जैसे फिलीपींस और थाईलैंड की तुलना में आम का निर्यात गिरने पर चिंता व्यक्त की है तथा इस बात पर जोर देते हुए उनका कहना है कि वैश्विक बाजार में प्रतिस्पर्धा बनाए रखने के लिए वैज्ञानिक आम की विभिन्न प्रजातियों का विकास करें। उन्होंने विपणन और प्रसंस्करण को आम उत्पादन से लाभ कमाने का मुख्य जरिया बताया।

भारतीय आम की विदेशों में काफी मांग है। लेकिन ईर्ष्यावश 2014 में यूरोप में कई देशों ने भारतीय आम के निर्यात पर प्रतिबंध लगा दिया था। बाद में भारत सरकार के हस्तक्षेप के बाद यह मसला सुलझा और भारतीय आम एक बार फिर सारी दुनिया में बिकने लगा।

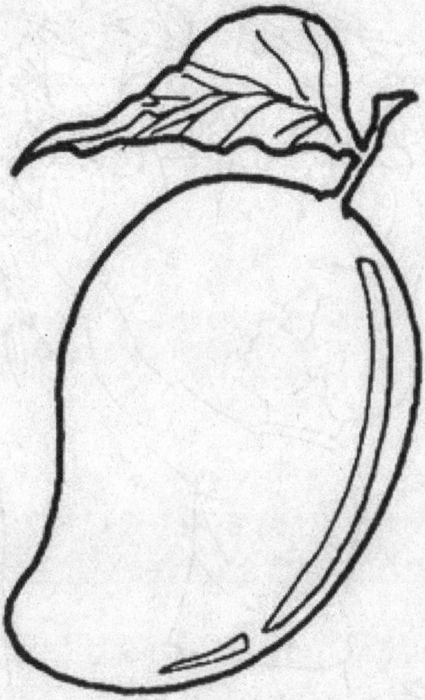

आम में औषधीय गुण

आम की खेती लगभग पूरे देश में की जाती है। यह लोगों का प्रिय फल है, इसमें खटास लिए हुए मिठास पाई जाती है। अलग-अलग प्रजातियों के फलों में कम ज्यादा मिठास पायी जाती है। कच्चे आम से चटनी आचार तथा अनेक प्रकार के पेय के रूप में प्रयोग किया जाता है। इससे जैली, जैम, सीरप आदि बनाये जाते हैं। यह विटामिन 'ए' व 'बी' का अच्छा स्रोत है।

आयुर्वेदिक मतानुसार आम के पंचांग (पाँच अंग) काम आते हैं।

इसके वृक्ष की अंतर्छाल का क्वाथ प्रदर, खूनी बवासीर तथा फेफड़ों या आँत से रक्तस्राव होने पर दिया जाता है। छाल, जड़ तथा पत्ते कसैले, मलरोधक, वात, पित्त तथा कफ का नाश करने वाले होते हैं। पत्ते बिच्छू के काटने में तथा इनका धुआँ गले की कुछ व्याधियों तथा हिचकी में लाभदायक है। फूलों का चूर्ण या क्वाथ आतिसार तथा संग्रहणी में उपयोगी कहा गया है। आम का बौर शीतल, वातकारक, मलरोधक, अग्निदीपक, रुचिवर्धक तथा कफ, पित्त, प्रमेह, प्रदर और अतिसार को नष्ट करनेवाला है। कच्चा फल कसैला, खट्टा, वात पित्त को उत्पन्न करनेवाला, आँतों को सिकोड़नेवाला, गले की व्याधियों को दूर करनेवाला तथा अतिसार, मूत्रव्याधि और योनिरोग में लाभदायक बताया गया है। पका फल मधुर, स्निग्ध, वीर्यवर्धक, वातनाशक, शीतल, प्रमेहनाशक तथा व्रण श्लेष्म और रुधिर के रोगों को दूर करनेवाला होता है। यह श्वास, अम्लपित्त, यकृत वृद्धि तथा क्षय में भी लाभदायक है। आम का अचार भी कई गुण लिए होता है।

पके आम में मुख्यतया इक्षु शर्करा होती है, जो कि आम के खाने योग्य हिस्से का 6.78 से 16.99 प्रतिशत है। ग्लूकोज व अन्य शर्करा 1.53 से 6.14 प्रतिशत तक रहती है। अम्लों में टार्टरिक अम्ल व मेलिक अम्ल पाया जाता है। इसके साथ ही साथ साइट्रिक अम्ल भी अल्प मात्रा में पाया जाता है। इन अम्लों का शरीर द्वारा उपयोग किया जाता है और ये शरीर में क्षारीय संचय बनाए रखने में सहायक होते हैं। आम के अन्य घटक इस प्रकार हैं – प्रोटीन 9.6, वसा 0.1, खनिज पदार्थ 0.3 रेशा, 1.1 फॉसफोरस 0.02 और लौह पदार्थ 0.3 प्रतिशत। नमी की मात्रा 86 प्रतिशत है। आम का औसत ऊर्जा मूल्य प्रति 100 ग्राम में लगभग 50 कैलोरी है। मुंबई की एक किस्म का औसत ऊर्जा मूल्य प्रति 100 ग्राम 90 कैलोरी है। यह विटामिन 'सी'

के महत्त्वपूर्ण स्रोतों में से एक है और इसमें विटामिन 'ए' भी प्रचुर मात्रा में है।

पका आम बहुत स्वास्थ्यवर्धक, पोषक, शक्तिवर्धक और चरबी बढ़ाने वाला होता है। आम का मुख्य घटक शर्करा है, जो गर्मी की ऋतु में होने वाला आम एक लोकप्रिय फल है। इस स्वादिष्ट फल को खाने से मन को अच्छी तृप्ति तो मिलती है, निरोग होने के आसार भी बढ़ते हैं। पहले तो आम के बड़े-बड़े पेड़ ही होते थे, अब नई खोज से छोटे आकार के पेड़ भी फल देने लगे हैं। यह फल शरीर के कष्टों को दूर कर अच्छा स्वास्थ्य तथा शक्ति देने में सक्षम है। आम की आज सैकड़ों प्रजातियां उपलब्ध हो गई हैं। पके आम में कैल्शियम, लौह, ग्लूकोज, विटामिन सी, कार्बोहाइड्रेट्स, एस्कोर्बिक एसिड, फासफोरस, खनिज तत्व आदि होते हैं।

आइए जानें आम के कुछ उपचार –

1. अतिसार तथा रक्तातिसार में आम की गुठली का प्रयोग कर, रोग से छुटकारा पा सकते हैं।
2. ज्वर तथा सर्दी का इलाज भी गुठली द्वारा किया जा सकता है।
3. शारीरिक कमजोरी में आम चूस कर ऊपर से ठंडी लस्सी पी लें। रक्त में वृद्धि तथा शरीर में फुर्ती आएगी।
4. स्वास्थ्य के लिये कच्चे आमों का आचार अच्छा रहता है।
5. लू लग जाने पर आम के पत्तों का रस निकालें। रोगी पीते ही सामान्य हो जाएगा।
6. पेट में कृमि हो जाना आम बात है विशेष कर बच्चों में। आम की गुठली का चूर्ण एक चौथाई चम्मच गर्म पानी से लें। कृमि मर कर निकल जाएँगे।
7. रक्त के साथ दस्त आते हों तो आम की गुठली पीस कर, छान कर छाछ में मिलाकर पिलाएं। दो तीन दिनों के उपचार से पूरा आराम मिलेगा।
8. कमजोरी को भी मीठे आम का सेवन करके दूर किया जा सकता है।
9. पुराने दस्तों को ठीक करने के लिये आधा कप मीठे आम का रस, पच्चीस ग्राम मीठी दही, एक ग्राम अदरक का रस सब को मिलाकर पिलाएं। आराम मिलेगा।
10. नींद न आने की शिकायत में रात्रि भोजन के बाद आम खाकर, ऊपर से दूध पीना ठीक रहता है।

आम की किस्में

उद्यान में लगाए जाने वाले आम की लगभग 1,400 जातियों से हम परिचित हैं। इनके अतिरिक्त कई जंगली और बीजू किस्में भी हैं। गंगोली आदि (सन् 1955) ने 210 बढ़िया कलमी जातियों का विस्तृत विवरण दिया है। विभिन्न प्रकार के आमों के आकार और स्वाद में बड़ा अंतर होता है। कुछ बेर से भी छोटे तथा कुछ, जैसे सहारनपुर का हाथीझूल, भार में दो ढाई सेर तक होते हैं। कुछ अत्यंत खट्टे अथवा स्वादहीन या चेप से भरे होते हैं, परंतु कुछ अत्यंत स्वादिष्ट और मधुर होते हैं।

आम के जीनोम की डीकोडिंग के क्षेत्र में भारत में कार्य शुरू कर दिया गया है। बनारस हिन्दू विश्वविद्यालय के पूर्व छात्र व भारतीय कृषि अनुसंधान संस्थान नई दिल्ली के वैज्ञानिक डॉ. नागेंद्र कुमार सिंह ने पिछले दिनों अमेरिका में इस प्रोजेक्ट के तहत अपना पेपर प्रस्तुत किया। उन्हें इस प्रोजेक्ट का प्रधान अन्वेषक बनाया गया है। आम के जीनोम की डीकोडिंग की परियोजना में भारतीय कृषि अनुसंधान परिषद, नई दिल्ली के नेशनल रिसर्च सेंटर ऑन प्लांट बॉयोटेक्नोलॉजी के अलावा सेंट्रल इंस्टीट्यूट ऑफ सब ट्रापिकल हार्टिकल्चर लखनऊ, इंडियन इंस्टीट्यूट ऑफ हार्टिकल्चरल रिसर्च बंगलुरु संयुक्त रूप से कार्य कर रहे हैं। डॉ. नागेंद्र सिंह ने बताया कि जीनोम डीकोडिंग से आम की उन्नत प्रजातियों को विकसित करने, उन्हें रोगरोधी बनाने और उनकी गुणवत्ता सुनिश्चित करने में मदद मिलेगी। उन्होंने इस

पुस्तक के लेखक को बताया कि अभी तक केवल आम्रपाली को नीलम एवं दशहरी के क्रास से विकसित किया गया था।

आम्रपाली प्रजाति के जीनोम की डीकोडिंग की दिशा में तेजी से कार्य हो रहा है। डॉ. सिंह ने कहा कि आम की मुख्य समस्या यह है कि इसमें हर साल फल नहीं लगता। इसके अलावा आम के बौर पत्तियों में बदल जाते हैं। उन्होंने बताया कि जीनोम डीकोडिंग से इन समस्याओं का समाधान तो होगा ही साथ ही मनपसंद आम की उन्नत प्रजातियां भी विकसित की जा सकेंगी। जीनोम डीकोडिंग से प्रजनन तीव्र होता है। डीएनए फिंगर प्रिंटिंग के प्रयोग से यह पता चल सकेगा कि अमुक आम की प्रजाति का पौधा असली है या नहीं।

भारत ने पहली बार विश्व पटल पर आम की डीकोडिंग संबंधी ड्राफ्ट पेश किया है।

हमारे देश में आम की लगभग एक हजार किस्में पाई जाती हैं लेकिन व्यापारिक स्तर पर मुख्यतः 20 किस्मों को देश के विभिन्न हिस्सों में लगाया जाता है।

व्यापारिक स्तर पर लगायी जाने वाली आम की प्रमुख किस्मों का राज्यानुसार विवरण निम्न है –

आन्ध्र प्रदेश	: बैंगनपल्ली, बंगलौरा, चेरुकुरासम, हिमायुद्दीन, सुवर्णरिखा।
बिहार	: लंगड़ा (कपूरी), बम्बई, हिमसागर, किशन भोग, सुकुल, बथुआ, रानीपसंद, चौसा
गोवा	: फरनानडीन, मनकुराद।
गुजरात	: अल्फान्सो, केसर, राजापुरी, वनराज।
हरियाणा	: सरोली (बाम्बे ग्रीन), दशहरी, लंगड़ा।
कर्नाटक	: अल्फान्सो, बंगलौरा, मलगोवा, नीलम, पैरी।
केरल	: मुनडप्पा, ओल्यूर, पैरी।
मध्य प्रदेश	: अल्फान्सो, बम्बई, लंगड़ा, दशहरी, सुन्दरजा।
महाराष्ट्र	: अल्फान्सो, केसर, मनकुराद, मलगोवा, पैरी।
उड़ीसा	: बैंगनपल्ली, लंगड़ा, नीलम, सुवर्णरिखा।
पंजाब	: दशहरी, लंगड़ा, समरबहिश्त चौसा।
तमिलनाडु	: बैंगनपल्ली, बंगलौरा, नीलम, रुमानी, मलगोवा।
उत्तर प्रदेश	: दशहरी, बाम्बे ग्रीन, गौरजीत, लंगड़ा, फजरी, सफेदा लखनऊ, समरबहिश्त चौसा, रतौल।

पश्चिम बंगाल : बम्बई, हिमसागर, किशन भोग, लंगड़ा जरदालू, रानीपसन्द।

कुछ किस्मों पर एक दृष्टि

दशहरी

लखनऊ के पास दशहरी गांव में इसकी उत्पत्ति के कारण इस किस्म को दशहरी नाम से जाना जाता है। दशहरी उत्तर भारत का प्रमुख आम है। इसका फल आकार में मध्यम एवं आयताकार होता है। इसके पके फलों का रंग पीला होता है, जो मध्य मौसम में पकता है। इसके फलों की गुणवत्ता एवं भण्डारण क्षमता अच्छी है। मुख्यतः दशहरी आम के ताजे फल खाने में प्रयोग किए जाते हैं। दशहरी आम अपनी भीनी खुशबू और स्वाद के लिए विदेशों में भी मशहूर है। इसे दक्षिण भारत में दसहरी भी कहा जाता है। यह उत्तर प्रदेश की राजधानी लखनऊ के पास, मलीहाबाद और काकोरी इलाके में पैदा होता है।

मालूम हो कि 2014 में मलिहाबाद के दशहरी आम को पेटेंट का दर्जा मिला है, जिससे इसकी विदेशों में माँग बढ़ी है। इस कारण इसका निर्यात 2013 के 40-45 टन से बढ़कर 2014 में 80 टन से अधिक हुआ है।

इंसराम का इस बारे में कहना है कि पेटेंट मिलने की वजह से विदेशी सहित घरेलू बाजार में यह आम खूब पसंद आया।

बाम्बे ग्रीन

इस किस्म को उत्तर भारत में अधिक लगाया जाता है। यह एक अगेती किस्म है तथा इसे सरौली के नाम से भी जाना जाता है। इसका रंग पालक की तरह हरा एवं आकार अण्डाकार एवं आयताकार होता है।

इसका फल मध्यम आकार तथा अच्छे स्वाद वाला होता है, यह एक मध्यम भण्डारण क्षमता वाली किस्म है।

लंगड़ा

उत्तर भारत के बनारस, गोरखपुर तथा बिहार क्षेत्र में उगाई जाने वाली आम की इस किस्म का फल मध्यम आकार का, अण्डाकार तथा हल्के हरे रंग का होता है। इसके फलों की गुणवत्ता उत्तम तथा भण्डारण क्षमता मध्यम है। इस किस्म का आम मध्य मौसम में पक कर तैयार होता है।

फजरी

आम की यह किस्म मुख्य रूप से उत्तर प्रदेश, बिहार तथा बंगाल में उगाई जाती है। इसका फल लम्बा, वक्र, अण्डाकार तथा रंग हल्का हरा (क्रोम) होता है। इसके फलों की गुणवत्ता व भण्डारण क्षमता मध्यम होती है। आम की यह किस्म देर में तैयार होती है।

समरबहिश्त चौसा

आम की इस किस्म की उत्पत्ति उत्तर प्रदेश के हरदोई जनपद के संडीला नामक स्थान में एक तालुकेदार के बाग में संयोगवश एक बीजू पेड़ के रूप में हुई। इसके विशिष्ट सुगंध एवं स्वाद के कारण इसको सामान्यतः भारत के उत्तरी क्षेत्र में उगाया जाता है। इसके फल देखने में बड़े तथा चपटे एवं अण्डाकार होते हैं। इसके फलों का रंग हल्का पीला तथा गुणवत्ता अच्छी होती है। इसकी भण्डारण क्षमता मध्यम है। आम की यह किस्म देर में पक कर तैयार होती है।

बम्बई

यह बिहार प्रान्त की व्यापारिक किस्म है। यह बिहार एवं बंगाल में

माल्दा के नाम से भी जानी जाती है। इसका फल मध्यम एवं वक्र अण्डाकार और रंग पीला होता है। इसका स्वाद व भण्डारण क्षमता माध्यम है। यह एक शीघ्र पकने वाली प्रजाति है।

हिमसागर

यह बंगाल का प्रसिद्ध आम है, जिसे वहां बहुत पसन्द किया जाता है। इसका फल मध्यम आकार, चपटा या अण्डाकार तथा पीला होता है। इसके फलों की गुणवत्ता तथा भण्डारण क्षमता अच्छी है। यह एक जल्दी पक कर तैयार होने वाली किस्म है।

किशन भोग

बंगाल के मुर्शिदाबाद में उगाई जाने वाली आम की इस किस्म का फल मध्यम आकार का, तिरछा गोलाकार और पीले रंग का होता है। फलों की गुणवत्ता अच्छी होती है तथा इसे काफी दिनों तक संरक्षित रखा जा सकता है। इस किस्म के फल मध्य मौसम में पक कर तैयार होते हैं।

बैंगनपल्ली

यह आन्ध्र प्रदेश व तमिलनाडु की व्यापारिक किस्म है। इसे चपटा, सफेदा, बेनेशान और चपटाई नामों से भी जाना जाता है। इसका फल आकार में लंबा एवं तिरछा अण्डाकार होता है। फल का रंग सुनहरा पीला होता है। यह मध्य मौसम में पकने वाली किस्म है जो कि डिब्बाबंदी के लिए उपयुक्त पाई गयी है। इसका स्वाद व भण्डारण क्षमता अच्छी है। आन्ध्र प्रदेश से इसे निर्यात किया जा रहा है।

अल्फान्सो

महाराष्ट्र प्रान्त में पैदा की जाने वाली आम की यह मुख्य व्यापारिक

किस्म है एवं अधिक पसंद की जाती है। इसे देश के विभिन्न भागों में अलग-अलग नामों से जाना जाता है जैसे बादामी, गुन्डू, खादर, अप्पास, हापुस तथा कागदी हापुस। इसके फल का आकार मध्यम, तिरछा व अण्डाकार तथा रंग पीला नारंगी होता है। इसके फलों की गुणवत्ता अति उत्तम तथा भण्डारण क्षमता अच्छी होती है। इस किस्म के फल मध्य मौसम में तैयार होते हैं। यह डिब्बा बन्दी हेतु एक अच्छी किस्म है। अंतर्राष्ट्रीय बाजार में इसकी अच्छी मांग है। भारत द्वारा मुख्य रूप से इस किस्म के ताजे फलों का निर्यात अन्य देशों को किया जाता है।

केसर

अपने ऊपरी भाग पर तोते की चोंच सा लाल रंग लिए हुए आम की यह किस्म गुजरात प्रान्त की प्रमुख किस्म है। महाराष्ट्र में भी इसकी पैदावार बड़े पैमाने पर बढ़ रही है। इसका फल मध्यम तथा आकार लम्बा होता है और इसे काफी दिनों तक भण्डारित किया जा सकता है। यह शीघ्र पकने वाली किस्म है। इसे भी निर्यात किया जाता है।

नीलम

यह तमिलनाडु प्रान्त की प्रमुख किस्म है। अपनी अच्छी भण्डारण क्षमता के कारण विपणन के लिए एक आदर्श किस्म है। इसके फल मध्यम तथा वक्र अण्डाकार एवं केसरिया रंग के होते हैं। फल की गुणवत्ता अच्छी तथा भण्डारण क्षमता सर्वोत्तम है। यह देर से पकने वाली किस्म है।

सुवर्णरेखा

यह आन्ध्र प्रदेश के विशाखापट्नम की व्यावसायिक किस्म है। इसे

सुन्दरी, लाल सुन्दरी तथा चिन्न सुवर्णरिखा के नाम से भी जाना जाता है। इसका फल मध्यम तथा तिरछा एवं अण्डाकार होता है। इसके फलों का रंग हल्का पीला तथा ऊपरी भाग लाल होता है। यह एक अगेती किस्म है। इसकी गुणवत्ता मध्यम तथा भण्डारण क्षमता अच्छी है।

हाफूस (आम)

हाफूस आम की एक किस्म है जिसे मिठास, सुगंध और स्वाद के मामले में अकसर आमों की सबसे अच्छी किस्मों में से एक माना जाता है। यूरोपीय भाषाओं में इसका नाम अल्फांसो, अफोंसो दि अल्बूकर्क के सम्मान में रखा गया है। पकने के बाद इसे लगभग एक सप्ताह तक रखा जा सकता है और इसका यह गुण इसका निर्यात सुगम बनाता है।

कीमत के मामले में यह आम भारत के सबसे महंगे आमों में से एक है और इसे मुख्यतः पश्चिम भारत में ही उगाया जाता है। इसका मौसम अप्रैल से मई के मध्य होता है और प्रत्येक आम का वजन 150 ग्राम से 300 ग्राम के मध्य होता है। हाफूस आमों की सबसे बेहतरीन किस्म महाराष्ट्र के कोंकण इलाके में स्थित सिंधुदुर्ग जिले की तहसील देवगढ़ में उगायी जाती है, साथ ही सबसे अच्छे आम सागर तट से 20 किलोमीटर अंदर की ओर स्थित जमीन पर ही उगते हैं। इसके अलावा महाराष्ट्र का रत्नागिरि जिला, गुजरात के दक्षिणी जिले वलसाड और नवसारी भी हाफूस की पैदावार के लिए प्रसिद्ध हैं।

निर्भया

फिल्म अभिनेत्री ऐश्वर्या राय, क्रिकेट खिलाड़ी सचिन तेंदुलकर और उत्तर प्रदेश के मुख्यमंत्री अखिलेश यादव के बाद अब दशहरी आम की एक नई किस्म बाजार में आई है, जिसका नाम दिल्ली में 16

दिसंबर 2013 को गैंगरेप का शिकार हुई लड़की निर्भया के नाम पर रखा गया है।

इस किस्म को विकसित करने वाले आम उत्पादक किसान कलीमुल्ला कहते हैं कि तीन साल में आम के पेड़ पर फल या फूल नहीं आते। इसमें कम-से-कम पांच साल का समय लगता है। वह इसका नाम रखने पर काफी दिनों से विचार करते रहे। बाद में ख्याल आया कि क्यों नहीं इसका नाम उस लड़की के नाम पर रखा जाए, जो दिल्ली में गैंगरेप का शिकार हुई थी। मकसद मात्र यह था कि देश के लोग उस पर हुए जुल्म को याद रखें। आम का उत्पादन कलीमुल्ला का खानदानी पेशा रहा है। वह एक पेड़ पर आम की तीन सौ किस्में उगाकर पद्मश्री पुरस्कार से सम्मानित हो चुके हैं। 2013 में उत्तर प्रदेश के सबसे कम उम्र के मुख्यमंत्री बने अखिलेश यादव के नाम पर उन्होंने नई किस्म के आम का नाम रखा था, तो 2011 में सचिन तेंदुलकर के नाम आम की नई किस्म को बाजार में उतारा था।

मलीहाबाद का दशहरी आम अपने स्वाद और खूबसूरती के लिए पूरे देश में मशहूर है। इतना स्वादिष्ट और खूबसूरत आम देश के अन्य किसी हिस्से में पैदा नहीं होता। सन 2010 में उन्होंने ऐश्वर्या राय बच्चन के नाम पर एक नई किस्म का नाम रखा था।

लंगड़ा आम

वैसे तो बनारस आज भी बहुत-सी चीजों के लिए मशहूर है, पर जिस चीज के लिए वह सारे उत्तर भारत में प्रसिद्ध है, वह है बनारस का लंगड़ा आम, जिसे देखते ही लोगों के मुंह में पानी आ जाता है और वे उसे किसी भी कीमत पर खरीदने को तैयार हो जाते हैं। बनारस के लंगड़ा आम की जन्म-कथा भी रोचक है। लगभग ढाई सौ वर्ष पहले की घटना है। कहते हैं, बनारस के एक छोटे-से शिव-मंदिर में, जिसमें

लगभग एक एकड़ जमीन थी, जो चारदीवारियों से घिरी हुई थी, एक साधु आया और मंदिर के पुजारी से वहां कुछ दिन ठहरने की आज्ञा माँगी। पुजारी ने कहा, मंदिर परिसर में कई कक्ष हैं, किसी में भी ठहर जाएँ। साधु ने एक कमरे में धूनी रमा दी।

साधु के पास आम के दो छोटे-छोटे पौधे थे, जो उसने मंदिर के पीछे अपने हाथों से रोप दिये। सुबह उठते ही वह सर्वप्रथम उनको पानी दिया करता, जैसा कि कण्व ऋषि के आश्रम में रहते हुए कालिदास की शकुंतला किया करती थी। साधु ने बड़े मनोयोग के साथ उन पौधों की देखरेख की। वह चार साल तक वहां ठहरा। इन चार बरसों में पेड़ काफी बड़े हो गये। चौथे वर्ष आम की मंजरियाँ भी निकल आयीं, जिन्हें तोड़कर उस साधु ने भगवान शंकर पर चढ़ाईं। फिर वह पुजारी से बोला, 'मेरा काम पूरा हो गया। मैं तो रमता जोगी हूं। कल सुबह ही बनारस छोड़ दूंगा। तुम इन पौधों की देखरेख करना और इनमें फल लगें, तो उन्हें कई भागों में काटकर भगवान शंकर पर चढ़ा देना, फिर प्रसाद के रूप में भक्तों में बांट देना, लेकिन भूलकर भी समूचा आम किसी को मत देना। किसी को न तो वृक्ष की कलम लगाने देना और न ही गुठली देना। गुठलियों को जला डालना, वरना लोग उसे रोपकर पौधे बना लेंगे।' और वह साधु बनारस से चला गया।

मंदिर के पुजारी ने बड़े चाव से उन पौधों की देखरेख की। कुछ समय पश्चात पौधे पूरे वृक्ष बन गये। हर साल उनमें काफी फल लगने लगे। पुजारी ने वैसा ही किया, जैसा कि साधु ने कहा था। जिन लोगों ने उस आम को प्रसाद के रूप में खाया, वे लोग उस आम के स्वाद के दीवाने हो गए। लोगों ने बार-बार पुजारी से पूरा आम देने की याचना की, ताकि उसकी गुठली लाकर वे उसका पौधा बना सकें, पर पुजारी ने ऐसा करने से साफ इनकार कर दिया।

इस आम की चर्चा काशी नरेश के कानों तक पहुँची और वह एक दिन स्वयं वृक्षों को देखने रामनगर से मंदिर में आ पहुंचे। उन्होंने श्रद्धापूर्वक भगवान शिव की पूजा की और वृक्षों का निरीक्षण किया। फिर पुजारी के समक्ष यह प्रस्ताव रखा कि इनकी कलमें लगाने की अनुमति प्रधान-माली को दे दें। पुजारी ने कहा, 'आपकी आज्ञा को मैं भला कैसे टाल सकता हूँ। मैं आज ही सांध्य-पूजा के समय शंकरजी से प्रार्थना करूंगा और उनका संकेत पाकर स्वयं कल महल में आकर सरकार का दर्शन करूंगा और मंदिर का प्रसाद भी लेता आऊँगा।

इसी रात भगवान शंकर ने स्वप्न दिया, 'काशी नरेश के अनुरोध को मेरी आज्ञा मानकर वृक्षों में कलम लगवाने दें। जितनी भी कलमें वह चाहें, लगवा लें। तुम इसमें रुकावट मत डालना। वे काशीराज हैं

और एक प्रकार से इस नगर में हमारे प्रतिनिधिस्वरूप हैं। दूसरे दिन प्रातःकाल की पूजा समाप्त कर प्रसाद रूप में आम के टोकरे लेकर पुजारी काशी नरेश के पास पहुँचा। राजा ने प्रसाद को तत्काल ग्रहण किया और उसमें एक अलौकिक स्वाद पाया।

काशी नरेश के प्रधान-माली ने जाकर आम के वृक्षों में कई कलमें लगायीं, जिनमें वर्षाकाल के बाद काफी जड़ें निकली हुई पायी गयीं। कलमों को काटकर महाराज के पास लाया गया और उनके आदेश पर उन्हें महल के परिसर में रोप दिया गया। कुछ ही वर्षों में वे वृक्ष बनकर फल देने लगे। कलम द्वारा अनेक वृक्ष पैदा किये गए। महल के बाहर उनका एक छोटा-सा बाग बनवा दिया गया। कालांतर में इनसे अन्य वृक्ष उत्पन्न हुए और इस तरह रामनगर में लंगड़े आम के अनेकानेक बड़े-बड़े बाग बन गये। आज भी जिन्हें बनारस के आसपास या शहर के खुले स्थानों में जाने का मौका मिला होगा, उन्हें लंगड़े आम के वृक्षों और बागों की भरमार नजर आयी होगी। काशी हिन्दू विश्वविद्यालय के विस्तृत विशाल प्रांगण में लंगड़े आम के सैकड़ों पेड़ हैं।

इसका नाम लंगड़ा क्यों पड़ा?

बात यह थी कि साधु द्वारा लगाये हुए पौधों की समुचित देखरेख जिस पुजारी ने की थी, वह लंगड़ा था और इसीलिए इन वृक्षों से पैदा हुए आम का नाम लंगड़ा पड़ गया और आज तक इस जाति के आम सारे भारत में इसी नाम से प्रसिद्ध हैं।

आम की प्रदर्शनी और महोत्सव

अद्‌भुत स्वाद, संरचना और आकार वाले भारतीय आम विश्व प्रसिद्ध हैं। आमों की इस विविधता को लोगों तक पहुंचाने के लिए भारतीय कृषि अनुसंधान परिषद द्वारा हर साल एक प्रदर्शनी का आयोजन किया जाता है। यह आयोजन सोसाइटी फॉर डेवलपमेंट आफ सब-ट्रापिकल हॉर्टीकल्चर, केंद्रीय उपोष्ण बागवानी संस्थान, लखनऊ और राष्ट्रीय कृषि विज्ञान परिसर (एनएएससी) के रेजीडेंट्स वेलफेयर एसोसिएशन, नई दिल्ली के संयुक्त तत्वाधान में किया जाता है।

प्रदर्शनी में आम की 120 प्रजातियों को शामिल किया जाता है, जिसमें से 60 प्रजातियाँ उत्तर भारत की और 40 प्रजातियाँ दक्षिण भारत से होती हैं, जबकि शेष प्रजातियां भारतीय कृषि अनुसंधान संस्थान नई दिल्ली द्वारा विकसित की गई होती हैं। संस्थान द्वारा विकसित प्रजातियाँ लोगों के आकर्षण का मुख्य केंद्र बनती हैं।

आंध्र प्रदेश की प्रजाति 'सोरा' ने 2014 में लोगों का ध्यान अपनी ओर खींचा, जिसका औसत भार एक किलो से भी ज्यादा था और जिसमें 67.70 प्रतिशत गूदा था। आंध्र प्रदेश की एक अन्य प्रजाति 'हैमलेट' का भी विशेष रूप से प्रदर्शन किया गया, जिसका औसत भार 898 ग्राम था। 2014 प्रदर्शनी में आम खाने की प्रतियोगिता का भी आयोजन किया गया, जिसमें लोगों ने बढ़-चढ़ कर हिस्सा लिया और स्वादिष्ट तथा गुणवत्तायुक्त आमों के स्वाद का मजा लिया।

पिछले 25 सालों से दिल्ली सरकार दिल्ली में 'अंतरराष्ट्रीय आम महोत्सव' का आयोजन कर रही है। इस महोत्सव की खास बात यह है कि यहाँ पर हर किस्म का आम देखने को मिलाता है। साथ ही दुनियाभर में आम के प्रति लोगों की चाहत भी समझ आती है।

दुनिया भर में आम का जो उत्पादन होता है, उसमें 54 प्रतिशत आम की किस्में भारत से जुड़ी होती है। इतना ही नहीं पूरे विश्व का 46 प्रतिशत आम भारत में पैदा होता है। भारत में सिर्फ मरूस्थल और समुद्रतल से 1000 मीटर की ऊँचाई वाले इलाकों को छोड़कर पूरे देश में आम की पैदावार होती है। विश्व में आम की 1365 से भी ज्यादा किस्में पाई जाती हैं, जिसमें से लगभग 1000 किस्में भारत में ही पाई जाती हैं, भारत में 1.23 मिलियन हेक्टेयर जमीन पर आम की खेती होती है, जिसमें 11 मिलियन टन की पैदावार होती है।

आम महोत्सव में दिल्ली सरकार का पर्यटन विभाग पिछले 25 सालों से आम की पारंपरिक किस्में और विकसित की जा रही किस्मों को पेश करता है। 2014 में 28 से 30 जून तक चले 25वें आम उत्सव में अंगूर के आकार से लेकर कटहल के आकार तक के आमों को प्रदर्शित किया गया, इनमें आमों की दुर्लभ किस्में भी मौजूद होती हैं। इन दुर्लभ किस्मों में सीकरी, स्वर्ण, जहांगीर, नीलेश्वर, रायल एसपी आदि नाम शामिल हैं। इसके अलावा आम की लोकप्रिय किस्में जैसे दशहरी, लंगड़ा, अल्फांसो, सफेदा, केसर, तोतापरी, वनराज जैसे आम भी यहां मौजूद रहते हैं। देखने के आलावा इसके स्वाद का आनंद भी ले सकते हैं। कई तरह की आम प्रतियोगिता का भी यहाँ आयोजन किया जाता है।

पुराने बागों का जीर्णोद्धार

ऐसा देखा गया है कि 40-50 वर्ष बाद आम के वृक्षों का फैलाव काफी बढ़ जाता है और वृक्षों की शाखाएं बढ़कर दूसरे वृक्षों को छूने लगती हैं, जिससे सूर्य का प्रकाश वृक्षों के पर्णिय भाग पर पर्याप्त मात्रा में नहीं पहुँच पाता है। इसके अभाव में प्रकाश संश्लेषण की क्रिया क्षीण हो जाती है। फलस्वरूप प्ररोह (कल्ले) पतले एवं अस्वस्थ हो जाते हैं, जो कि पुष्पन एवं फलन हेतु अनुपयोगी हो जाते हैं। यहीं नहीं बल्कि ऐसे बाग कीट एवं व्याधियों से भी ग्रसित हो जाते हैं। जिनका नियंत्रण कर पाना कठिन हो जाता है और बाग उत्पादन की दृष्टि से अनुपयुक्त हो जाते हैं। ऐसे अनुत्पादक बागों का संस्थान द्वारा विकसित कटाई-छँटाई तकनीक से पुनः उत्पादक बनाया जा सकता है। ऐसे वृक्षों की भूमि सतह से लगभग 4.00 मीटर की ऊँचाई से सभी शाखाओं की विधिवत् कटाई-छँटाई दिसम्बर माह में करते हैं। यह कार्य दो चक्रों में पूरा करना चाहिए। प्रथम चक्र में बाग की आधी एकान्तर पंक्तियों की, शेष आधी पंक्तियों की कटाई-छँटाई तीन वर्ष उपरान्त करना उचित पाया गया है। शाखाओं के कृंतन के दौरान पहले शाखा की नीचे की तरफ से कटाई करते हैं बाद में ऊपर से काटना चाहिए, ताकि अनावश्यक रूप से शाखाएं फट ना जाएं। कृंतन (कटाई-छँटाई) उपरान्त कॉपर ऑक्सीक्लोरोराइड फफूंदी नाशक दवा का लेप बनाकर कृन्तित

सतहों पर लगाना चाहिए। मार्च-अप्रैल माह में इन कृन्तित शाखाओं पर नये प्ररोह (कल्ले) का सृजन होने लगता है और प्रत्येक कृन्तित शाख पर बाहुल्यता में प्ररोह निकलते हैं। इनमें से 8-10 स्वस्थ प्ररोह समान दूरी पर प्रति कृन्तित शाख पड़ने दिया जाता है। शेष अवांछित प्ररोहों को जून-जुलाई तक अवश्य हटा देना चाहिए। इन कृन्तित वृक्षों में 2.5 कि. ग्रा. यूरिया, 3.0 कि.ग्रा. सिंगिल सुपर फास्फेट तथा 1.5 कि.ग्रा. म्यूरेट ऑफ पोटाश प्रति वृक्ष की दर से प्रयोग करते हैं। इन उर्वरकों में से यूरिया की आधी मात्रा, फासफोरस एवं पोटाश की सम्पूर्ण मात्रा फरवरी में, शेष यूरिया की आधी मात्रा जून माह में प्रयोग करते हैं। इसके अतिरिक्त 100-120 कि.ग्रा. गोबर की खाद प्रति वृक्ष देना लाभदायक होता है। इन कृन्तित वृक्षों में अप्रैल से जून तक 15 दिन के अन्तराल पर सिंचाई अवश्य करना चाहिए। साथ ही साथ कीट व्याधियों आदि से बचाव हेतु सामयिक देख-रेख करते रहना चाहिए। इस प्रकार नव सृजित प्ररोहों से कृन्तित वृक्ष का छतरी नुमा ढांचा बन जाता है और कृन्तन के दो वर्ष उपरान्त प्ररोह पुष्पन एवं फलत में आने लगते हैं। गुणवत्ता ऊपज में प्रतिवर्ष बढ़ोत्तरी होकर अनुत्पादक वृक्ष पुनः उत्पादक एवं लाभदायक सिद्ध होते हैं।

पुराने बागों का जीर्णोद्धार के साथ-साथ वैज्ञानिक अब उद्यानों पर विशिष्ट प्रयोग भी कर रहे हैं। लखनऊ के बागवान विशेषज्ञ पद्मश्री कलीमुल्ला के निर्देशन में जनता कॉलेज का उद्यान विभाग एक प्रयोग कर चुका है। इसके तहत मलिहाबादी आम का एक पेड़ लगाया गया, जिसमें आम की कई प्रजातियाँ दिखाई देंगी।

आम उत्पादक कलीमुल्ला के अनुसार, उन्होंने वृक्ष पर ही आमों की 300 प्रजातियों का प्रयोग किया है और कई पुराने बागों को नया जीवनदान दिया है। उन्होंने आम की नई प्रजातियाँ ईजाद की हैं, इनके

नाम फिल्मी अभिनेत्री एश्वर्या राय, सोनिया गांधी, प्रियंका बढेरा के नाम से विकसित की हैं। इन प्रजातियों में अलग-अलग आकृति स्वाद और खुशबू भी अलग-अलग है। उन्होंने जनता कॉलेज में इस प्रकार का आम का एक वृक्ष विकसित करने की घोषणा बहुत पहले ही की थी और उद्यान विभाग के छात्रों को सविस्तार समझाया भी था। उनका प्रयोग सफलता की ओर बढ़ चुका है और अब वह दिन दूर नहीं जब देश में उद्यानों में आम के तरह-तरह के पेड़ होंगे और देश का यह राष्ट्रीय फल नित नई उन्नति के शिखर को छूता जाएगा।

प्रश्नोत्तरी

1. आम का कुल क्या है?

   (अ) ऐनाकार्डियेसी (ब) सोंस

   (स) हिपसकस (द) मित्रणी

2. भारतीय आम का नाम क्या है?

   (अ) मैंजीफेरा पाक (ब) पतंग

   (स) मंजूलता (द) मैंजीफेरा इंडिका

3. अकबर ने आम का जो बाग लगाया, उसका नाम क्या था?

   (अ) तीखाबाग (ब) गुस्सैल बाग

   (स) लाल बाग (द) नकचढ़ी

4. आम की खेती के लिए भूमि का पीएच मान क्या होना चाहिए?

   (अ) 6.5 से 7.5 (ब) 9

   (स) 3 (द) 2

5. क्या कलम लगाकर आम का नया पौधा संभव है?

   (अ) हाँ (ब) पता नहीं

   (स) नहीं (द) कह नहीं सकते

6. इंदिरा गांधी को आम की कौन-सी किस्म पसंद थी?

(अ) दशहरी (ब) चौसा

(स) रटोल आम (द) अर्जुनकिा

7. आम की औसत उपज क्या होती है?

(अ) 150 से 200 किलोग्राम प्रति वृक्ष (ब) सौ किग्रा

(स) दो मीटर (द) आधा किग्रा

8. आम की जिनोम की डीकोडिंग किसने की?

(अ) डॉ. नगेंद्र कुमार ने (ब) राजपाल ने

(स) रामलाल ने (द) कलीमुल्ला ने

9. सुवर्णरेखा आम किस प्रदेश में होता है?

(अ) आंध्र प्रदेश में (ब) उत्तर प्रदेश में

(स) महाराष्ट्र में (द) कुछ कह नहीं सकते

10. निर्भया आम किसने विकसित किया है?

(अ) रटोल ने (ब) कलाम ने

(स) पुलिस ने (द) कलीमुल्ला ने

उत्तर

1. अ 2. द 3. स 4. अ 5. अ 6. स 7. अ 8. अ 9. अ 10. द